KB078050

바람의 마스터 2

임영기 장편 소설

초판 1쇄 찍은 날 § 2015년 9월 17일
초판 1쇄 펴낸 날 § 2015년 9월 24일

지은이 § 임영기
펴낸이 § 서경석

편집책임 § 박가연

펴낸곳 § 도서출판 청어람
등록번호 § 제387-1999-000006호
등록일자 § 1999. 5. 31
어람번호 § 제1-2236호

주소 § 경기도 부천시 원미구 부일로 483번길 40 서경B/D 3F (우) 14640
전화 § 032-656-4452 팩스 § 032-656-4453
http://www.chungeoram.com
E-mail §chungeorambook@daum.net

© 임영기, 2015

ISBN 979-11-04-90419-6 04810
ISBN 979-11-04-90417-2 (세트)

2

임영기 장편소설

바람의 마스터

Wind Master

도서출판 청어람

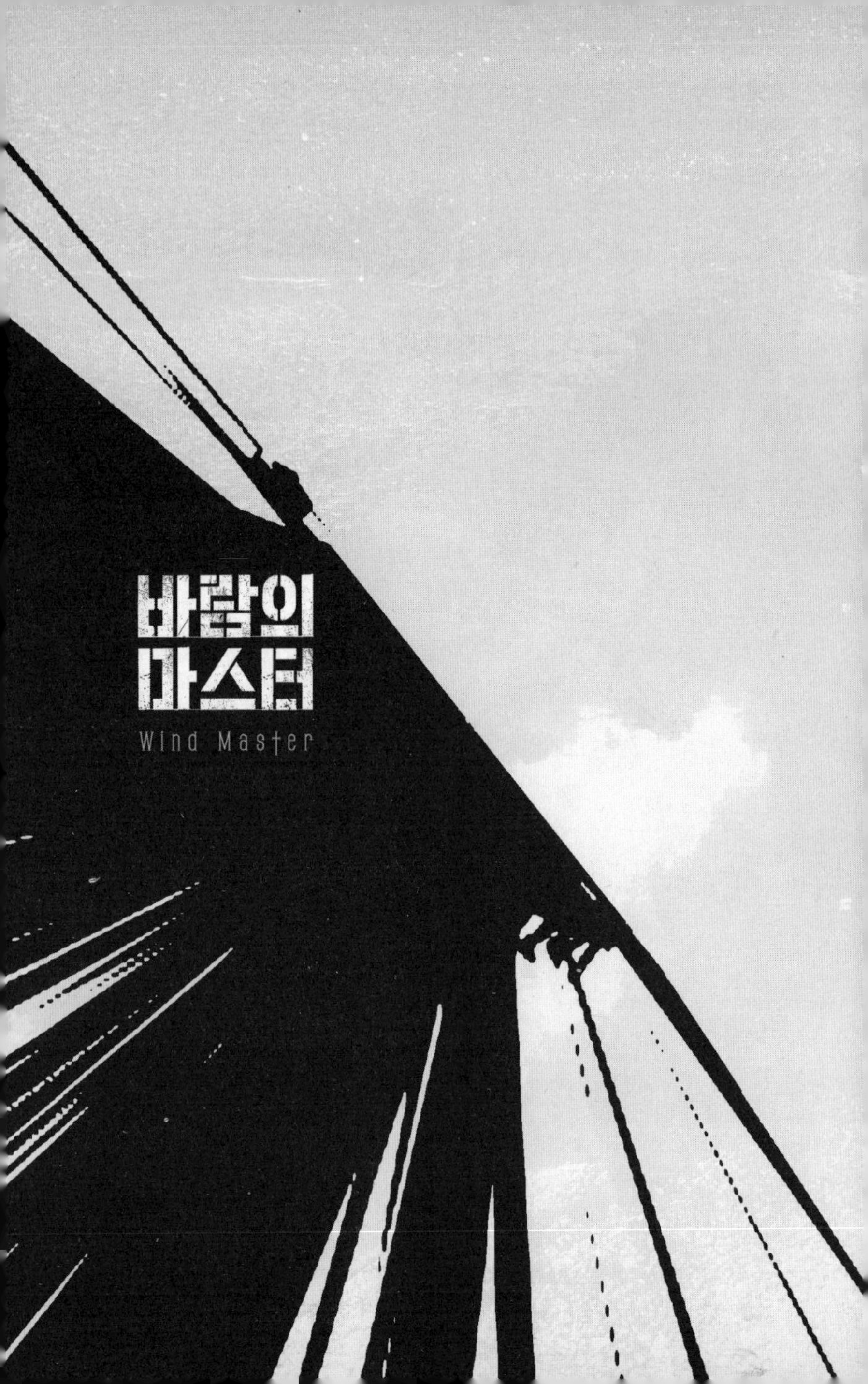
바람의
마스터
Wind Master

CONTENTS

제8장
도전 풀코스

태수의 X6M50D가 영양읍으로 막 들어섰을 때 한 통의 전화가 걸려왔다.

—안녕하세요. 윤미소라고 합니다.

태수로선 처음 듣는 여자의 목소리와 이름이다.

태수가 하프마라톤 세계기록을 경신한 이후 그의 휴대폰은 잠시도 쉴 틈 없이 울려댔다.

처음에는 받았으나 대부분 방송사의 출연 요청이나 스포츠 메이커의 섭외 제의, 대한체육회, 대한육상연맹, 대한민국 유수의 대기업들, 그리고 얼굴 한 번 본 적이 없는 사람들의 전화였다.

그야말로 전화가 빗발쳤다.

예전에는 하루 서너 번 혜원의 전화나 이따금 걸려오는 동창, 몇 없는 친구들의 전화가 고작이었는데 격세지감을 느낄 정도다.

그래서 반나절 동안 전화에 시달리다가 이후부터는 일체 받지 않았다.

그런데 지금 걸려온 전화는 휴대폰 창에 '타라스포츠'라고 뜨기에 받았다.

"누구신지……."

─이번에 한 과장님 비서로 내정되었습니다.

민영이 태수에게 개인비서 한 명을 붙여준다고 말했었는데 누군지는 모른다.

"아……."

휴대폰 너머에서 들려오는 목소리는 정중하지만 왠지 아나운서의 판에 박힌 멘트처럼 딱딱했다.

─지금 어디에 계십니까?

"고향집에 가는 길입니다."

─알겠습니다. 제가 그리 가겠습니다.─

고향이 어디라고 가르쳐 주지도 않았는데 이곳으로 오겠다는 것은 태수에 대해서 잘 알고 있다는 뜻이다.

태수는 슬쩍 인상을 썼다.

"왜 그러는 겁니까?"

─왜 그러다뇨? 제가 한 과장님 개인비서인데 그림자처럼 곁에 붙어 있는 게 당연한 것 아닙니까?

"그게 아니라⋯⋯."

─본사 전략기획실에서 한 과장님 일정표가 나왔습니다. CF 촬영 일정을 한 과장님하고 상의해야 합니다. 게다가 각 방송사의 인터뷰와 방송 출연 요청이 쇄도하고 있으며, 그중에는 미국 CNN과 영국 BBC, 일본 NHK도 있습니다. 그리고 한 과장님 포상금 문제도 있습니다.

윤미소는 한 글자도 틀리지 않고 또박또박 말했다.

"포상금이라니⋯⋯."

─한 과장님께서 포천38선하프마라톤에서 세계기록 경신한 것에 대한 대한체육회 등 여러 단체와 기업체들이 내놓은 포상금입니다.

"아⋯⋯."

─제가 알아보니까 대한체육회나 대한육상연맹, 삼성전자와 코오롱 등 대여섯 개 기업체에서 책정해 놓은 포상금은 원래 이봉주 선수의 국내기록 경신에 대한 것이었습니다. 그런데 한 과장님께서 세계기록을 경신하는 바람에 포상금을 최소 3배에서 10배까지 상향 조정했다고 합니다.

태수로서도 까맣게 모르고 있던 일을 새로 배정받은 윤미소라는 여비서는 빠삭하게 알고 있다.

―포상금 전체 금액은 대략 10억쯤 될 것으로 예상합니다.

"아……."

태수 입에서는 탄성만 흘러나왔다.

포상금이라니… 전혀 생각하지도 않았던 돈이 그것도 10억씩이나 굴러 들어온다는 것이다.

이건 그야말로 로또다.

―한 과장님에 대한 방송사의 출연 요청을 비롯한 모든 공적인 일은 제가 처리할 테니까 그렇게 아십시오.

"알았습니다."

태수는 윤미소에게 어둡기 전에 안동으로 나갈 거라고 말하고는 통화를 끊었다.

X6M50D는 영양 읍내 200m 남짓 길이의 번화가로 들어섰다. 번화가라고 해봤자 제일 높은 건물인 모텔이 5층이다.

그르르릉―

길을 가던 사람들이 영양군 내에서는 한 번도 본 적이 없는 X6M50D를 쳐다보느라 걸음을 멈추고 있다.

그러나 새카맣게 짙은 썬팅이 돼 있어서 운전석의 태수는 보이지 않았다.

12 바람의 마스터

그때 태수는 무심코 도로 위에 걸려 있는 대형 현수막을 발견하고는 놀라서 브레이크를 밟을 뻔했다.

현수막에는 짙은 흑, 청, 홍의 글씨체로 이렇게 적혀 있었다.

—장하다! 자랑스러운 영양의 아들 한태수! 하프마라톤 세계기록 경신을 영양군민이 축하합니다!

현수막 아래에는 '영양군청'이라고 적혀 있었다.

그런데 현수막은 그것뿐만이 아니다.

그 뒤로 줄줄이 걸려 있는데 문구는 대동소이 비슷비슷했으며, 무슨 라이온스클럽이니, JC니, 영양중고등학교 총동창회, 영양청년회, 영양부녀회 등 이름도 들어본 적이 없는 영양군 내의 단체에서 내걸었다.

태수는 십여 개나 걸려 있는 현수막을 보면서 기쁘거나 감격하기보다는 쓴웃음이 났다.

영양군청이나 라이온스클럽 같은 곳에서는 며칠 전까지만 해도 한태수라는 이름을 전혀 몰랐을 것이다.

그런데 하프마라톤 세계기록을 경신했다고 해서 하루아침에 한태수가 '자랑스러운 영양의 아들'이 됐다는 게 괜히 서글픈 기분이 들게 했다.

엄마만 괜찮으면 오늘 당장에라도 엄마를 모시고 영양을 뜨고 싶지만, 엄마는 영양에서 살다가 영양에서 죽겠다고 입버릇처럼 말씀하신다.

엄마가 태어나서 성장하고 살아온 곳이 영양이고 이곳에 친구들이 있으며 이곳밖에는 모르기 때문이다.

끽—

태수는 시장통 가운데쯤에 위치한 '태수상회' 앞에 차를 멈추었다.

엄마는 시장통에서 조그만 잡화상회를 꾸려 나가고 있다.

그럴싸한 가게가 아니라 가게 안에 진열된 물건을 죄다 합쳐도 백만 원을 넘지 못하고, 하루 매출이 단 한 번도 십만 원을 넘어본 적이 없을 정도로 콧구멍만 한 가게다.

그래도 그 가게는 엄마의 모든 것이다. 소박한 웃음과 눈물과 희망, 그리고 한이 서려 있는 곳.

그런데 빛바랜 태수상회라는 조그만 간판 아래에 큼직한 화환 여러 개가 세워져 있다.

화환에도 영양군청 총무과니 라이온스클럽 같은 글이 적혀 있었다.

게다가 많은 사람이 쉴 새 없이 가게로 들락날락하고 있었다.

엄마하고 친한 동네 사람들도 있고 말쑥한 옷차림을 한 낯선 이들도 섞여 있다.

아마도 태수의 하프마라톤 세계기록 경신을 축하해 주러 온 사람들인 모양이다.

이런 상황에 태수가 가게에 들어가면 그야말로 난리가 날 것이다.

전에도 이와 비슷한 광경을 본 적이 있었다.

영양 읍내의 누구네 집 딸이 사법고시 2차 시험에 합격하고 나서 고향에 내려왔는데, 군청으로 불려 가고 축하파티에 초청되는 등 3~4일 동안 시달렸다는 말을 들은 적이 있다.

그러니 만약 태수가 집에 잘못 들어갔다가 붙잡히면 꼼짝 못하고 여기에서 며칠을 허송세월해야만 할 것이다.

엄마를 못 보고 가는 게 아쉽지만 태수는 그냥 차를 돌리기로 했다.

나중에 조용해지면 찾아뵙든지 아니면 여동생 인화에게 부탁해서 엄마를 안동으로 모시고 나오도록 할 생각이다.

20분 후.

태수는 영양읍 동부리에 있는 전 영양군수이자 혜원의 아버지인 남용권 씨 집 거실에 앉아 있었다.

아니, 소파에 앉아 있는 것이 아니라 거실 바닥에 무릎을

꿇고 있는 모습이다.

소파에는 아무도 없다. 태수가 혜원 아버지 남용권 씨를 뵙기를 청했지만 안방에 있는 그는 나와 보지도 않았다.

그 대신 혜원 엄마가 태수에게 다가와서 걱정스럽게 말해주었다.

"태수야, 그만 돌아가라. 혜원 아버지 나오시면 무사하지 못할 게다. 어서."

"아닙니다. 아버님을 뵙고 드릴 말씀이 있습니다."

태수는 오늘 혜원 아버지를 직접 대면하고 혜원과의 정식 교제를 허락받을 각오로 왔다.

태수 앞에는 그가 사 온 최고급 양주가 놓여 있지만 아무도 건드리지 않고 있다.

태수는 예전의 태수가 아니다. 그는 철저하게 신분 상승이 되었으며 지금은 25살 나이에 최소 12억을 지닌 부자에다 타라스포츠의 총괄팀 과장이라는 직함을 갖고 있다.

그러니까 혜원 아버지에게 당당하게 혜원과의 교제를, 그리고 장차 결혼할 것이라고 말할 자격이 있다.

혜원 엄마는 태수에게 그냥 돌아가라고 몇 번인가 말하다가 그가 말을 듣지 않자 이번에는 혜원 아버지를 설득하러 안방으로 들어갔다.

잠시 후에 태수는 등 뒤 현관 입구로 누가 들어오는 소리를 듣고 누군지 궁금했으나 돌아보지 않았다. 촐싹거리는 모습을 보이기 싫었다.

쿵쿵쿵…….

마루를 울리는 묵직한 발소리가 태수 쪽으로 이어지는가 싶더니 성난 호통이 그 뒤를 이었다.

"너, 이 새끼가 여기가 어디라고!"

태수는 그게 혜원의 큰오빠 중권의 목소리라는 것을 알고 즉시 일어나며 뒤돌아섰다.

콱!

중권은 두 손으로 태수의 멱살을 움켜잡고 죽일 것처럼 으르렁거렸다.

"너 이 졸렬한 새끼 감히 내 동생을 건드려?"

"큰형님, 고정하시고 제 말 좀 들어보십시오."

"너 같은 새끼 말은 들어볼 필요도 없어! 당장 꺼져! 죽여버리기 전에!"

중권은 태수의 멱살을 잡고 문 쪽으로 끌고 갔다.

중권은 별 볼 일 없던 태수가 어느 날 갑자기 마라톤으로 세계기록을 경신했다면서 연일 매스컴에서 대서특필하고 대한민국의 영웅으로 급부상하고 있다는 사실을 알고 있다.

영양군 내에서도 두 사람이 모였다 하면 그 얘기를 하는데 영양군청에 근무하고 있는 중권이 모를 리가 없다.

하지만 중권은 태수가 신분 상승을 하고 돈방석에 앉았다고 해서 여동생 혜원하고의 관계가 유야무야 사라지는 것은 아니라는 생각이다.

그건 그거고 이건 또 다른 별개의 일이라는 게 그의 확고한 생각이다.

지지리 별 볼 일 없던 태수라는 놈이 어렸을 때부터 혜원이하고 붙어 다니더니 어느 날 둘이 깊은 관계이며 그것도 꽤 오랫동안 그랬었다는 사실을 알았을 때 중권이 감당해야만 했던 배신감과 분노는 굉장했었다.

그러므로 태수가 제아무리 신분 상승이 되어 설혹 지금보다 몇 배 더 굉장한 인물이 된다고 해도 받아들일 수 없는 건 없는 것이다.

그러나 이대로 쫓겨날 수 없다고 생각한 태수는 중권의 팔을 잡고 버텼다.

"큰형님, 저는 혜원이를 사랑합니다! 혜원이도 절 사랑하고 있습니다!"

그 말이 중권의 분노에 불을 지폈다.

"이 새끼야! 사랑이라는 말을 네놈 따위가 함부로 떠드는 게 아니다!"

"정말 혜원이를 사랑합니다!"

"그건 사랑이 아니다! 너는 혜원이를 이용했을 뿐이야! 알아들어?"

"아닙니다! 사랑합니다! 하지만 제가 너무 초라해서 내세우지 못했을 뿐입니다!"

"나가라!"

중권은 더 듣기 싫다는 듯 태수의 멱살을 잡고 입구 쪽으로 끌어냈고 태수는 끌려 나가지 않으려고 버텼다.

"이 새끼가?"

"제게도 기회를 주십시오! 큰형님!"

중권은 태수의 멱살을 잡고 눈을 부라렸다.

"네놈이 사내새끼라면 언제라도 이 집에 찾아와서 떳떳하게 혜원이를 사랑한다고 밝혔어야 했다! 그런데 이제 와서 유명해지고 돈 좀 만지게 됐다고 혜원이를 달라고 찾아왔다는 게 비겁하다고 생각하지 않냐?"

"그렇습니다. 전 비겁했습니다."

"그러니까 꺼지라는 거다!"

"못 갑니다."

"이 새끼가!"

중권의 분노가 폭발했다.

휭!

중권의 주먹이 태수의 턱에 작렬했다.

퍽!

거구인 중권이 체중을 실어서 날린 주먹은 태수의 몸을 허공으로 띄웠다.

쿵!

태수는 떨어지면서 옆머리를 바닥에 세게 부딪치면서 그대로 기절했다.

소란스러움에 안방에서 나오던 혜원의 엄마와 아버지는 그 광경을 보고 안색이 변했다.

혜원 엄마는 눈을 감은 채 움직이지 않는 태수에게 다가와 그를 조심스럽게 흔들었다.

"태수야… 눈 떠봐, 태수야……."

그러나 태수는 꼼짝도 하지 않았다.

중권은 당황한 얼굴로 태수를 내려다보았다.

옆머리를 바닥에 부딪치면서 쓰러진 태수는 그 길로 구급차에 태워져서 안동병원으로 옮겨졌다.

안동에 도착하여 태수를 기다리고 있던 개인비서 윤미소가 긴급히 연락하여 서울에 있던 민영이 달려왔으며, 그전에 이미 태수 엄마와 여동생 인화가 안동병원에 와 있었다.

중권을 비롯한 남용권 씨 댁에서는 아무도 안동병원에 오지 않았으며 사과도 잘못을 빌지도 않았다.

민영의 폭행죄 고소로 중권은 영양경찰서에 입건됐다.

그러나 안동병원에 실려 왔다가 저녁이 돼서야 깨어난 태수는 중권이 입건됐다는 말을 듣고 즉시 고소를 취하하라고 민영에게 요구했다.

"오빠는 타라스포츠하고 계약을 했어. 그러니까 오빠는 12억 짜리, 아니, 그 이상의 가치를 지닌 타라스포츠의 최고급 상품이란 말이야. 그런데 누군가 그 상품을 망가뜨렸는데 가만히 보고만 있으라는 말이야?"

"민영아."

"이제 오빠는 오빠 개인의 몸이 아니라는 사실을 분명히 명심했으면 좋겠어. 오빠는 타라스포츠의 재산이기도 하지만 국가적으로 봤을 때 장차 마라톤 풀코스 국내기록은 물론이고 세계기록을 경신할 재목이야."

굳이 민영의 열띤 말을 듣지 않더라도 태수는 자신이 얼마나 막중한 책임을 양 어깨에 메고 있는지 잘 알고 있었다.

타라스포츠하고 계약을 체결하고 거액이 들어 있는 카드를 받던 날 자기 앞에 새로운 인생이 펼쳐졌다는 사실을 절실하게 깨달았었다.

1인실로 옮겨진 태수는 병실 침대에 앉아서 착잡한 표정을 지었다.

"그래도 혜원이 큰오빠 고소는 취하해라."

태수는 중권과 그 집에 대해서는 할 말이 많았으나 여기에서 할 말이 아니라 입을 닫고 있다.

민영은 팔짱을 끼고 태수를 쏘아보았다.

병실 한쪽에 나란히 앉아 있는 태수 엄마와 인화는 현재의 상황을 이해하려고 애쓰는 모습이 역력했다.

더구나 여고 3년생인 인화는 최고의 걸그룹 아프로디테의 보컬인 이민영을 눈앞에서 보고 기절할 만큼 놀랐다.

그런데 그 이민영과 오빠 태수의 관계에 대해서 나름대로 짐작하고는 벌린 입을 다물지 못하고 있다.

"이제 그 집에는 두 번 다시 가지 마."

민영은 명령 반 애원 반의 표정으로 말했다.

"알았다."

태수는 고개를 끄떡였다. 앞으로 어떻게 될지 모르지만, 그 역시도 영양 혜원네 집에는 가지 않는 것이 좋겠다고 생각했다.

"그리고 앞으로는 마라톤에만 전념해. 알았지?"

"그래."

"국내기록 경신하고 세계기록을 깨자면 갈 길이 멀어."

"알았다."

태수는 자기가 이번에 혜원의 집에 찾아간 일은 경솔했다고 생각했다.

태수가 순순히 고개를 끄떡이자 민영은 비로소 굳었던 얼굴을 풀고는 한쪽 옆에 서 있는 윤미소에게 말했다.

"윤 비서, 고소 취하하세요."

이어서 민영은 태수에게 가까이 다가가서 앉아 있는 그의 머리를 잡고 부드럽게 가슴에 안았다.

민영은 태수의 뒷머리를 가만히 쓰다듬었다.

태수는 얼굴을 민영의 가슴에 묻고 가만히 있었다. 그로서는 할 말이 없다.

그러나 인화는 소스라치게 놀라고 있다. 인화는 지금 자기가 보고 있는 광경을 어떻게 이해해야 할지 머릿속이 하얗게 변했다.

인화가 이 상황을 친구들에게 말한다면 미쳤다고 할 게 분명하다.

태수는 안동병원에서 정밀검사를 받은 결과 별다른 이상은 없으며 가벼운 뇌진탕 후유증이 조금 남았으니 며칠 푹 쉬면 괜찮을 거라는 말을 들었다.

민영은 태수와 태수 엄마, 인화를 데리고 안동에서 제일 좋은 식당으로 늦은 저녁을 먹으러 갔다.

식당 입구에서 민영은 혼자 차를 타고 와서 멀찍이 뒤따라오는 윤미소를 보며 가차 없이 말했다.

"당신 해고야."

개인비서로서 태수를 그림자처럼 따르면서 보필해야 하는데 일을 이 지경까지 만든 책임을 윤미소에게 물은 것이다.

주춤거리면서 따라오던 윤미소는 그 자리에 멈추며 얼음이 돼버렸다.

대한민국 최고의 명문대학을 졸업하고 국내 굴지의 T&L그룹에 입사하여 가족과 주위 사람들로부터 부러움을 한 몸에 받았었던 윤미소였다.

이후 능력을 인정받은 그녀는 새로 발족하는 타라스포츠에 전격적으로 기용되는 엘리트그룹에 선발되었다.

연봉도 소폭 올랐으며 맡은 일은 대만족이었다.

그런데 방금 민영의 한마디에 해고당했다. 높이 날아오르다가 날개도 없이 추락하고 있는 것이다.

"그러지 마라, 민영아."

태수는 윤미소를 쳐다보았다.

"저 사람이 잘못한 건 없다."

태수는 윤미소를 얼마 전에 본 적이 있었다. 부산 해운대 마린씨티에 있는 T&L스카이타워에 갔을 때 주차장에서 태수를 맞이했던 바로 그 도도한 여사원이다.

고속엘리베이터를 타고 84층까지 오르는 동안 냉랭하고 무시하는 듯한 표정과 태도로 태수를 못내 불편하게 만들었던 그 여사원이 윤미소이며, 그 사실을 전혀 모르는 민영에 의해서 태수의 개인비서로 낙점됐었던 것이다.

윤미소는 자기 역성을 들어주는 태수를 고마운 표정으로 바라보며 눈물을 글썽였다.

                    *   *   *

"출바알~!"

진행자의 외침과 함께 이번 대회 풀코스 참가자 300여 명이 일제히 출발선에서 달려 나갔다.

태수는 6월 6일 서울 한강시민공원 잠실지구 청소년광장에서 전마협, 즉 전국마라톤협회에서 주최하는 '모여라! 달려라! 2015 월드런마라톤대회'라는 소규모 대회에 참가했다.

이 대회는 태수가 마스터즈 달림이로서 마지막으로 참가하는 대회다.

이 대회를 끝으로 태수는 대한육상경기연맹에 정식으로 엘리트 선수로 등록하게 된다.

태수는 이 대회 풀코스에 출전했다. 그는 풀코스를 한 번도 달려보지 않았지만, 민영이 풀코스가 과연 어떤 것인지 경험 삼아서 달려보라고 해서 참가했다.

타라스포츠는 현재 프로농구팀을 창단, 발족하려고 활발하게 작업하고 있는 중이며, 스케이트, 스키팀을 확보해 놓은 상태다.

그러나 뭐니 뭐니 해도 현재로썬 타라스포츠의 주축은 마라톤팀이다.

마라톤팀은 태수와 손주열을 비롯하여 5명이 주전이고, 감독과 코치, 의료진이 확보되었다.

손주열은 포천38선하프마라톤 당시에 태수의 페이스메이커를 해주었으며, 또 기록 면에서도 풀코스에서는 국내 1인자이고, 하프에서는 태수를 제외하면 국내 2인자다.

손주열은 민영의 명령을 받은 타라스포츠 전략기획실이 삼성전자 마라톤팀과 협상하여 전격적으로 타라스포츠에 영입했다.

포천38선하프마라톤에서 태수의 발을 걸었던 안호철은 대회 후에 대한육상경기연맹으로부터 2년간 국내외 모든 육상경기에 출전하지 못하게 하는 중징계를 받았다.

태수는 이 대회에 소위 '뻐꾸기'로 참가했다. 자신의 이름이 아닌 다른 사람의 배번호를 붙이거나 참가 신청을 하지 않고 달리는 사람을 '뻐꾸기'라고 한다.

태수의 개인비서 윤미소가 이 대회 참가자 한 명을 섭외하여 웃돈을 얹어주고 배번호를 사서 태수에게 주었다.

그러니까 설혹 이 대회에서 태수가 우승을 한다고 해도 부정 선수인 뻐꾸기라서 상품이나 상금은 물론이고 설사 세계기록을 낸다고 해도 아무 소용이 없다.

그래서 이 대회 주최 측에서는 하프마라톤 세계기록 보유자인 한태수가 참가했다는 사실을 전혀 모르고 있다.

풀코스를 20여 회 이상 달려본 민영이 태수에게 말했었다.

"풀코스를 단순하게 하프마라톤의 2배라고만 생각하면 큰 오산이야. 달려보면 알겠지만 하프마라톤보다 10배, 아니, 100배 힘든 게 풀코스야. 못 뛰겠으면 중도 포기하고 회송차 타고 돌아와. 오빠는 첫 풀코스니까 그렇게 해도 창피한 거 아냐."

민영은 그렇게만 말했었다.

태수는 나름대로 풀코스에 도전하는 계획을 짰다.

생애 최초로 42.195㎞를 달리는 것이기 때문에 막무가내로 달릴 수는 없다.

태수는 가장 멀리 달려본 게 안동 낙동강변에서 25㎞ 정도였고 그나마도 10여 번이 전부였다.

현재 이봉주 선수가 보유하고 있는 풀코스 마라톤 국내기록이 2시간 7분 20초다.

그래서 태수는 이 대회에서의 자신의 풀코스 기록을 이봉주의 기록보다 22분 느린 2시간 29분으로 잡았다.

그가 구태여 생애 첫 풀코스 목표 기록을 2시간 29분으로 잡은 이유는, 대한민국 최초로 올림픽 마라톤에서 우승을 하고 또 신기록을 세운 고 손기정 선생의 그 당시 기록이 2시간 29분 19초라는 사실을 알게 되었기 때문이다.

1936년 8월 제 11회 베를린 올림픽 마라톤에서 세계 신기록으로 우승한 손기정 선생은 불운하게도 일장기를 가슴에 달고 시상대에 올라야만 했었다.

그래서 월계관을 쓴 선생은 게양대에 일장기가 나부끼고 일본 국가가 연주되자 슬픔에 빠져 고개를 들지 못하셨으며, 두 손에 들고 있는 꽃다발로 가슴의 일장기를 가렸었다.

태수는 손기정 선생의 세계 신기록과 동일한 기록으로 풀코스를 완주하여 자신의 길고도 험난한 마라톤 여정의 첫 시발점을 기념하고 싶다는 생각을 했다.

민영은 풀코스 마라톤의 어려움을 말하면서 힘들면 언제라도 중도 포기하라고 권했었다.

하지만 태수는 그러고 싶은 생각이 추호도 없다. 제아무리 생애 첫 풀코스 마라톤 도전이라고 해도 중도에서 포기하는 일 따위는 결코 있어서는 안 된다고 스스로를 다잡았다.

42.195km를 2시간 29분에 완주하려면 매 km당 3분 32초로 달려야 한다.

태수는 포천38선하프마라톤에서 매 km당 평균 2분 42초로 달렸었다.

그에 비하면 매 km당 3분 32초로 달리는 것은 50초나 차이가 난다.

매 km당 2분 42초로 달려본 사람만이 느낄 수 있는 일이겠지만, 50초 늦게 달리는 것은 거의 천천히 달리기, 즉 LSD나 다름이 없다.

그렇지만 달려야 하는 거리가 하프마라톤의 2배인 점을 감안해서, 그리고 또 앞으로 닥쳐올 미증유의 고통을 대비해서 태수는 되도록 매 km당 3분 32초에 달리려고 애썼다.

탁탁탁탁…….

그런데 3km까지 달려본 그는 마음먹은 대로 잘되지 않는 것을 느꼈다.

매 km당 3분 32초로 달리기 위해서 수시로 손목의 시계를 보면서 거기에 맞춰 달리려고 하니까 머리에 쥐가 나는 것 같고 달리는 리듬이 헝클어지는 것 같았다.

태수의 달리기 리듬은 줄곧 매 km당 2분 40초~2분 50초에 맞춰져 있다.

그런 그가 그보다 50초나 늦게 달리니까 리듬감을 잃고 허우적거리게 되었다.

그래서 그는 '매 km당 얼마라고 정해놓고 달리는 것보다는 그냥 몸이 편한 대로, 즉 '생체리듬'에 맡기기로 계획을 변경했다.

이 대회에는 지난번 포천38선하프마라톤 때처럼 민영이 따라오면서 코치도 하지 않고 중계방송도 없다.

주로에서는 철저하게 태수 혼자다. 그러니까 처음에 상주참외마라톤이나 화성효마라톤에 참가했을 때처럼 그 혼자 계산하고 실행해야만 한다.

"으헉헉헉……."

탁탁탁탁…….

태수는 구토를 느낄 정도로 호흡이 거칠어졌다.

호흡만 거칠어진 게 아니다. 두 다리도 뻐근하고 묵직해졌으며 팔과 어깨마저도 몽둥이로 두들겨 맞은 것처럼 욱신거리기 시작했다.

현재 34km 지점까지 그는 1시간 38분이 걸렸다. 그것은 매 km당 2분 52초가 소요됐다는 것이다.

아까 3km 지점에서 '생체리듬'에 맡기고 달리기 시작할 때에는 매 km당 2분 40초에서 2분 45초 사이를 오갔었다.

그런데 27km 이후부터 속도가 조금씩 떨어지기 시작하더니 지금은 매 km당 3분 05초까지 떨어진 상태다.

지금 그는 태어나서 한 번도 달려본 적이 없는 거리를 달리고 있다.

그렇기 때문에 지금 받고 있는 고통도 생전 처음 당하는 것이라서 어떻게 대처해야 할지 갈피를 잡을 수가 없다.

숨이 차거나 어깨와 허리가 아픈 건 어떻게든 견딜 수 있을 것 같은데, 두 다리가 점점 무거워져서 질질 끌고 가는 느낌만은 그로서도 어쩔 재간이 없다.

민영이 별다른 지식을 전해주지도 않고 풀코스를 무조건 한 번 뛰어보라고 한 이유를 이제야 조금쯤 알 것도 같다.

이건 설명이 필요 없는 경험이고 고통이다. 아마도 마라톤 교본에도 이런 건 나와 있지 않을 것이다.

인간의 능력을 극한까지 쥐어짜내고 힘과 연료를 마지막 한 방울까지 쏟아내고 난 다음에 찾아오는 텅 빈 공허.

그 상태에서 달리는 것이 마라톤 후반인 것 같다.

사람마다 찾아오는 고통도 다르니까 그걸 해결하는 방법 역시 제각각일 터이다.

태수는 타라스포츠와 전격적으로 계약을 한 이후에 며칠 동안 풀코스에 대해서 인터넷으로 이것저것 많이 검색해 보았었다.

이제부터는 죽으나 사나 마라토너로서 새로운 인생을 살아가야 하기 때문에 자신이 들어선 세계에 대해서 깊은 관심을 갖는 것은 당연한 일이다.

인터넷에서 마라톤 풀코스에 대해서 가장 많이 검색된 내용이 '마(魔)의 벽(壁)'이라는 게 있다는 사실이다.

'마의 벽'은 통상적으로 30㎞에서 늦어도 35㎞ 지점 사이에서는 반드시 찾아온다.

엘리트 선수든 마스터즈든 누구라도 절대로 피해 갈 수 없는 게 '마의 벽'이다.

이 '마의 벽'은 인체의 근육과 간에 저장되어 있는 글리코겐(Glycogen 혹은 탄수화물)이 고갈되어 극도의 피로감이 몰려드는 시기를 말함이다.

누구에게나 찾아오는 '마의 벽'을 그나마 쓰러지지 않고 돌파하기 위해서는 간과 근육에 많은 양의 글리코겐을 저장해 두어야만 한다.

그러기 위해선 대회 전 일주일 동안 넉넉한 탄수화물을 섭취하여 글리코겐을 충분히 저장하는 것이 매우 중요하다. 이것을 카보로딩(Carbo-loading)이라고 한다.

이번 대회가 급박하게 잡혔기 때문에 태수로선 일주일 동안 카보로딩을 할 수 없었다.

3일 정도의 시간이 있었는데, 그나마 담당 영양사가 최선을 다해서 탄수화물과 단백질을 섭취시켜 주었다.

탁탁탁탁—

"헉헉헉헉……."

'오늘 이봉주 기록 깬다!'

태수는 날아갈 것처럼 힘차게 아스팔트를 차고 달리면서 오늘의 목표를 바꾸었다.

태수의 지금 컨디션은 뭐라고 말할 수 없을 정도로 최고인 상태다.

조금 전까지만 해도 다리를 질질 끌다시피 달렸던 기억이 까마득하게 사라졌다. 언제 나한테 그런 고통이 있었느냐 싶은 기분이다.

현재 37㎞ 지점인데 1시간 47분이 걸렸다.

평균 매 ㎞당 2분 53초 걸렸다는 뜻인데, 현재 그는 37㎞에서 38㎞까지 1㎞ 구간에 불과 2분 45초밖에 걸리지 않았다.

단순하게 계산을 해봐도 앞으로 남은 거리 약 4㎞를 이 속도로 유지할 수 있다면 마라톤 세계기록 2시간 2분을 깰 수도 있을 것 같다.

어쩌면 그게 아니라 인간으로는 도저히 도달할 수 없다는 2시간 안의 기록을 최초로 깨는 신기록을 달성할 수도 있을 것 같았다.

설혹 조금 느려져서 앞으로 남은 4㎞를 매 ㎞당 3분으로만 달려도 2시간 2분에서 3분 사이에 골인할 수 있다는 자신감이 가슴에 빵빵하게 부풀었다.

'하하하! 데니스 키메토라고 그랬냐? 니 기록 오늘 이 형아가 깨주마. 하하하!'

태수는 기고만장했다.

데니스 키메토는 현재 마라톤 세계 신기록 2시간 2분 57초를 보유하고 있는 케냐 선수다.

그렇지만 태수는 지금 자신의 머릿속과 온몸을 베타엔돌핀이라는 마약 같은 망할 놈이 지배하여 '러너스 하이'라는 최면 상태로 만들었다는 사실을 꿈에도 모르고 있다.

그래서 그가 환각 상태에서 펄펄 날고 있는 것이다.

그렇기에 태수의 기고만장은 채 4분을 넘기지 못하고 모래성처럼 허물어졌다.

베타엔돌핀이 머리에서 빠져나가자 곧바로 패잔병이 됐다.

"으그그그……"

그는 갑자기 절뚝거리다가 마침내 뒤쪽 햄스트링을 쓸어안은 채 도로변 가로수를 붙잡고 신음을 터뜨렸다.

러너스 하이가 물거품처럼 사라지는 것과 동시에 아까 겪은 줄 알았던 '마의 벽'이 기다렸다는 듯이 찾아왔다.

아까 것은 '마의 벽'이 아니라 그냥 맛보기로 힘들었던 것이다. 지금 이게 진짜 '마의 벽'이다.

"헉헉헉……"

태수는 두 손으로 가로수를 붙잡고 기진맥진해서 간신히

버티고 서 있었다.

풀코스 완주고 나발이고 그냥 이대로 주저앉고, 아니, 길게 누워서 쉬고 싶다는 생각밖에 들지 않았다.

조금 전에 데니스 키메토의 세계기록을 깬다고 기고만장했었는데 우라질! 키메토에게 무지하게 미안하다. 잠시 정신이 어떻게 돼서 헛소리를 씨부렸다.

미안하다, 키메토. 형아가 잠시 제정신이 아니었다.

이제 38㎞고 앞으로 4.195㎞가 남았다. 그런데 지금까지 달려온 38㎞보다 앞으로 남은 4.195㎞가 훨씬 더 길고 공포스럽게 여겨졌다.

아까 고통스러웠을 때 민영이 그냥 한 번 풀코스를 뛰어보라고 한 이유를 알 것 같다고 했었는데 그게 아니다.

진짜배기는 이거였다. 러너스 하이가 천당이라면 이건 그야말로 지옥이다.

'안 돼… 이게 한계야… 때려죽여도 못 해……'

태수는 가로수를 끌어안고 천천히 그 자리에 주저앉기 시작했다.

이렇게 주저앉으면 다시는 일어나지 못할 것 같은 기분이 들었지만 상관없다는 생각이다.

"쉬났습니까?"

그런데 그때 팔에 완장을 차고 헬멧을 쓴 진행요원 한 명이 인라인스케이트를 타고 빠르게 태수에게 다가왔다.

　태수는 주저앉는 것을 멈추고 진행요원을 물끄러미 쳐다보았다.

　주로에는 하프코스 참가자들이 달리고 있어서 진행요원은 태수를 그들 중 한 명이라고 오해했다.

　치이이—

　진행요원이 파스 성분의 스프레이를 태수의 양쪽 허벅지에 듬뿍 뿌려주고는 파이팅을 외치며 멀어졌다.

　"헉헉헉……."

　파스를 뿌려서인지 아니면 조금 쉬었기 때문인지 정신이 조금 드는 것 같다.

　태수는 가로수에 등을 기댄 채 시계를 봤다. 풀코스를 출발한 지 1시간 54분이 지나고 있다.

　지금이라도 다시 제대로 달리기 시작하면 이봉주 기록은 깰 가능성이 있다는 생각이 들었다.

　'씨팔! 달리다가 죽자!'

　태수는 이를 악물고 가로수를 힘껏 밀면서 주로로 달려 나갔다.

　그러나 달리는 게 마음먹은 대로 되지 않았다. 달리기는커녕 걷는 것조차도 힘들었다. 잠시 쉬었다고 '마의 벽'이 물러났을 리가 없다.

턱… 턱… 턱… 턱…….

그래도 절뚝거리면서 달리는 시늉을 냈다.

원래 하프코스는 2시간에서 2시간 10분대에 골인하는 사람의 수가 가장 많다.

풀코스를 달려온 태수는 그 속에 섞여서 그들과 비슷한 속도로 달렸다.

풀코스 배번호는 청색에 1,000단위로 나가고, 하프코스는 붉은색에 2,000단위로 나가는 데도 사람들은 태수가 풀코스를 달리는 것이라고는 꿈에도 생각하지 못했다.

가슴에 붙은 배번호를 보려면 뒤돌아봐야 하는데 기진맥진한 사람들은 그럴 힘조차 없다.

턱턱턱턱…….

"헉헉헉헉……."

태수는 헐떡이면서 고꾸라지듯이 천천히 달렸다.

그렇게 매 km당 5분 페이스로 간신히 41km까지 왔다. km당 2분 45초보다는 거의 두 배 가깝게 느린 속도다.

현재 시간은 2시간 9분, 앞으로 남은 거리는 1.195km다.

아까 38km 지점에서부터 햄스트링(Hamstring), 정확히 말해서 허벅지 뒤쪽 윗부분 대퇴이두근 장두와 단두 부위가 칼로 찌르고 베는 것처럼 아팠었다.

그런데 매 km당 5분 페이스로 천천히 쉬면서 3km를 오다 보니까 어느 정도 통증이 완화되었다.

태수는 하프코스 참가자들과 함께 잠실지구 청소년광장 골인 지점으로 들어섰다.

풀코스 마스터즈 참가자들은 제아무리 빠르다고 해도 2시간 30분 이후에나 골인하기 때문에 어느 누구도 하프코스 참가자들 속에 섞여서 달려오는 태수가 풀코스 주자일 것이라곤 생각하지 않았다.

원래 이 대회는 하프코스를 2번 도는 것이 풀코스다.

처음에 태수가 27분 남짓에 첫 번째 반환점을 돌 때 진행요원은 눈을 크게 뜨고 놀랐었다.

그러나 두 번째 반환점을 돌 때는 태수가 하프코스 참가자들과 뒤섞였기 때문에 아무도 그를 눈여겨보지 않았다.

소규모 대회란 그런 점이 어수룩하다.

피니시 지점은 코스가 둘로 갈라져 있다. 오른쪽은 풀코스 주자 골인선이고 왼쪽은 하프코스다.

탁탁탁탁―

"헉헉헉헉……"

태수는 왼쪽 하프코스로 들어섰다. 부정 선수, 즉 '뻐꾸기'이기 때문에 정식으로 풀코스 골인선으로 들어설 수 없다.

태수는 마지막 1,195㎞를 4분 페이스로 달려서 하프코스 골인선을 통과하면서 시계를 보며 스톱을 눌렀다.

2시간 13분 45초다.

풀코스보다 5분 늦게 출발한 하프 전자시계는 2시간 8분을 가리키고 있었다.

하프주자들과 함께 골인선 안으로 휩쓸려 들어간 태수는 두 다리에 힘이 쭉 빠지면서 비틀거렸다.

정말이지 풀코스 완주가 이렇게 힘들 거라고는 조금도 상상하지 못했었다.

민영이 풀코스가 하프보다 10배 100배 힘들 것이라고 말했을 때에는 그냥 겁을 주는 거라고만 생각했었다.

그런데 막상 뛰어보니까, 그리고 피니시라인에 들어오고 나니까 죽을 맛이다.

하프보다 10배 100배 더 힘든 게 아니라 아예 죽으려고 환장한 사람들이 뛰는 게 풀코스다.

앞쪽에서 모자와 선글라스, 마스크까지 쓰고 트레이닝복을 입은 민영과 윤미소가 달려오는 게 보였다.

민영은 태수를 풀코스에 출전시켜 놓고 별별 생각과 추측을 다 했었다.

첫 풀코스인데 완주는 할 수 있을까?

그래도 하늘이 내린 철각의 태수니까 완주를 한다손 치더라도 서브쓰리(Sub—3:3시간 이내에 완주하는 것) 정도는 할 수 있지 않을까?

혹시 오버페이스하다가 어디 잘못돼서 앰뷸런스에 실려 오는 건 아닐까?

그랬는데⋯ 태수가 2시간 13분 45초라는 믿어지지 않는 기록으로 들어오자 민영은 눈을 의심하면서 자꾸 시계와 태수를 번갈아 쳐다보았다.

"오빠!"

"과장님!"

두 여자는 앞으로 고꾸라지려는 태수를 양쪽에서 붙잡고 부축했다.

태수는 민영을 보면서 히죽 웃었다.

"나 괜찮게 했냐?"

"오빠 그걸 말이라고 해? 지금 대한민국에 풀코스를 2시간 13분에 주파하는 선수는 한 명도 없어."

"허허허⋯ 그럼 잘했다는 얘기지?"

태수는 풀코스 한 번 뛰었다고 10년은 더 폭삭 늙어버린 것 같은 얼굴로 영감처럼 웃었다.

민영은 태수를 부축해서 걸어가며 그의 엉덩이를 툭툭 두드렸다.

"잘했어. 너무너무 잘해서 계약금을 더 얹어주고 싶은 심정이야."

서울을 출발하여 부산으로 향하고 있는 타라스포츠 마라톤팀 전용 리무진버스 안에는 태수와 민영을 비롯하여 윤미소와 손주열, 닥터, 그리고 새로 온 감독이 타고 있다.

손주열과 새로온 감독은 대회장 먼발치에서 태수를 지켜봤었고, 그가 첫 풀코스를 2시간 13분 45초에 주파했다는 사실에 적잖이 놀랐었다.

"오빠 어땠어? 풀코스 뛰어본 소감이?"

샤워를 하고 숏팬츠 차림에 커다란 타월을 걸치고 소파에 앉은 태수는 덤덤하게 말했다.

"좀 힘들더라."

죽을 똥을 쌌지만 그렇게 말하고 싶진 않았다. 그리고 이제와서 생각해 보니까 다시 뛰면 그보다 더 잘, 그리고 고통스럽게 뛰지 않을 것 같았다.

그러면서 마라톤에 묘한 매력을 느꼈다. 풀코스를 한 번 완주하고 나니까 자신이 진짜 마라토너가 된 기분이다.

그리고 마라톤에서 한번 대박을 쳐보자는 오기나 각오 같은 게 속에서 스멀거렸다.

"좀 힘든 것뿐이었어?"

"그래."

민영은 다 안다는 듯 미소를 지었다.

"사실대로 말해봐. 그래야 여기 계신 감독님이나 닥터가 오빠에게 도움을 줄 수 있지."

태수는 사람들을 한 번 둘러보았다. 그는 지독했던 '마의 벽'을 돌이켜 생각하고는 머리를 절레절레 흔들고 나서 쓴웃음을 지었다.

"지독한 고통이 하나씩 차례대로 찾아오는 게 아니고 한꺼번에 밀어닥치더라. 퍼지려는 걸 이 악물고 견뎠다."

"아하하하! 그게 그렇다니까?"

풀을 뜯어본 민영과 감독, 손주열은 유쾌하게 웃었다. 달림이들은 풀코스 뛰는 것을 '풀 뜯는다'고 표현한다.

이왕 내친김이라서 태수는 손을 내저었다.

"38㎞에서 러너스 하이가 왔는데 그게 러너스 하이인지도 모르고 갑자기 컨디션이 좋아졌다고 착각한 거야. 그래서 세계기록 깨는 줄 알았다."

"러너스 하이가 38㎞에서 왔다구?"

"그래."

"늦게 왔네? 보통 30㎞~35㎞에서 오는데?"

민영은 고개를 갸우뚱거리다가 닥터를 쳐다보았다.

"닥터!"

"네?"

"아니에요."

민영은 아로미 같은 안경을 쓴 여의사가 주방에서 뭔가를 만드는 것을 보고는 고개를 젓더니 한옆에 다소곳이 앉아 있는 윤미소를 턱으로 불렀다.

　"윤 비서가 오빠 마사지 좀 해줘요."

　"넵!"

　기합이 잔뜩 들어간 윤미소는 잽싸게 다가와서 태수의 어깨를 주물렀다.

　"거기 아니고 햄스트링. 장거리 뛰고 나면 햄스트링이 제일 아픈 거 몰라요? 그다음에는 장딴지, 아킬레스건 순서예요."

　"아… 네."

　윤미소는 태수를 엎드리게 하고는 가냘픈 팔로 그의 양쪽 햄스트링을 힘차게 꾹꾹 주물렀다.

　"내일 마사지사 올 테니까 오늘만 윤 비서가 해줘요."

　새로 온 감독은 그걸 보면서 뭔가 할 말이 있는 것 같지만 그냥 보고만 있었다.

　"알겠습니다."

　민영은 새로 영입한 감독에게 시선을 주었다.

　"감독님 보시기에는 태수 오빠 오늘 뛴 거 어땠어요?"

　맞은편 소파에 손주열과 함께 나란히 앉아서 팔짱을 낀 채 심각한 표정을 짓고 있던 50대의 감독은 밑도 끝도 없이 불쑥 말했다.

"해부해 보고 싶군요."

"네?"

과거 국내 마라톤계를 주름잡은 선수였으며 대한육상경기 연맹에 인맥이 두툼하고, 또 선수 조련사로 알려진 심윤복 감독은 팔짱을 낀 채 진지한 표정을 지으면서 턱으로 태수를 가리켰다.

"생애 첫 풀코스를 2시간 13분에 주파하는 저 괴물의 몸 구조가 어떻게 생겨먹었는지 한번 해부해 보고 싶다는 거요."

민영은 배시시 웃었다.

"그렇죠? 그렇다고 진짜 해부하진 마세요."

"현재 잘 뛰고 있다는 국내 엘리트 선수들 기록을 보면 대부분 2시간 15분에서 20분을 훌쩍 넘어가요. 15분 안으로 뛰는 애들이 한 명도 없는 실정이고……."

"알고 있어요."

민영은 회심의 미소를 지었다.

심윤복 감독은 엎드려서 얼굴이 보이지 않는 태수를 주시하며 말했다.

"하프 잘 뛰는 사람이 풀코스까지 잘 뛰는 경우는 세계적으로도 몇 되지 않소."

"하일레 게브르셀라시에가 있죠."

민영이 아는 체를 하니까 심윤복 감독은 엄숙한 표정을 지었다.

"그는 가장 위대한 장거리 선수 중 한 명이요."

민영이 냉큼 말을 받아서 빨간 입술을 재잘거렸다.

"올림픽 육상 10,000m에서 2번 금메달을 땄고, 세계선수권 대회에서 4번 우승, 베를린마라톤에서 4번, 두바이마라톤에서 3번 우승했으며, 장거리 종목에서 세계 신기록을 27번 경신했고, 에티오피아 신기록을 61번 경신한 전설적인 현존하는 선수죠."

"호오… 잘 알고 있군."

태수 머리맡에 앉은 민영은 태수의 뒷목을 지압하듯이 꾹꾹 눌렀다.

"저는 태수 오빠를 제2의 하일레 게브르셀라시에로 만들고 싶어요."

민영은 심윤복 감독을 쳐다보았다.

"가능할까요?"

심윤복 감독은 요리를 하고 있는 닥터에게 물었다.

"순덕아, 한태수 검사 자료 언제 볼 수 있겠느냐?"

닥터가 심윤복 감독을 하얗게 흘기며 톡 쏘아붙였다.

"이름 부르지 말라니까요?"

닥터 나순덕은 국내 육상 명문인 경일실업 육상 감독으로 있던 심윤복이 타라스포츠로 옮기면서 데리고 왔다.

"미스 나, 언제쯤이면 가능해?"

"오늘 정리해서 내일 드릴게요."

심윤복 감독은 민영을 보며 대답했다.

"의학검사자료를 검토한 후에 다시 얘기합시다."

민영은 두 손바닥으로 태수의 어깨를 힘 있게 눌렀다.

"오빠, 다음에는 곧바로 실전이야."

태수는 엎드린 채 졸린 목소리로 말했다.

"어딘데?"

민영은 자못 진지한 얼굴로 주먹을 쥐었다.

"본선 무대는 독일 베를린마라톤이야."

"베를린?"

태수가 벌떡 상체를 일으켜 앉으며 민영을 쳐다보면서 놀란 표정을 지었다.

"거긴 세계6대메이저마라톤대회잖아?"

인터넷에서 마라톤에 대해서 검색하다가 알게 된 사실이다. 마라톤에서는 상식이라고 할 수 있다.

"그러니까 타라스포츠의 야심작 한태수가 처녀 출전하기에는 제격이지. 안 그래?"

뉴욕, 런던, 보스턴, 시카고, 도쿄, 베를린에서 벌어지는 마라톤을 세계6대메이저마라톤대회라고 한다.

"베를린마라톤이라니……."

"베를린마라톤은 신기록의 산실이야. 데니스 키메토도 거기에서 세계기록을 갈아치웠어."

민영은 이번에는 두 주먹을 흔들었다.

"이번에 오빠가 거기에서 10위권 안에만 들면 타라스포츠로선 대성공이야. 국내 방송과 신문들이 대서특필할 테고, 그럼 타라스포츠가 안타 한 번 후련하게 날리는 거지."

심윤복 감독이 고개를 가로저었다.

"그건 무리요."

그는 태수를 보면서 진지하게 말했다.

"베를린마라톤 우승자는 보통 2시간 2분에서 3분대요. 그리고 10위 안에 들려면 최소한 7~8분 안에 들어와야 해요."

그는 태수를 턱으로 가리켰다.

"저 친구는 오늘 죽을 똥을 싸면서 2시간 13분에 들어왔어요. 7~8분에 들어오려면 무려 5~6분을 단축해야 하는데 그게 석 달 만에 가능할 것 같습니까?"

잠시 무거운 침묵이 흘렀다.

태수가 한쪽 발을 윤미소에게 맡긴 채 민영에게 물었다.

"언젠데?"

"9월 27일."

"흠……."

오늘이 6월 6일이니까 3개월 20일쯤 남았다.

심윤복 감독은 말할 가치도 없다는 듯 굳게 입을 다물고 아무 말도 하지 않았다.

태수도 아무 말 못 하기는 마찬가지다. 오늘 그는 첫 풀코스를 거의 전력을 다해서 달렸는데 2시간 13분이라는 기록이 나왔다.

3개월 20일에 과연 얼마나 기록을 더 줄일 수 있을지 그는 전문가가 아니라서 모른다.

탁!

"오빠 할 수 있어!"

민영이 침묵을 깨고 손으로 태수의 어깨를 때렸다.

민영은 태수의 잠재력을 믿고 있다. 그리고 태수가 늘 모두의 예상을 깨는 기록을 냈었던 것을 잘 알고 있다.

베를린마라톤에서 10위권 안에 드는 것이 낙타가 바늘구멍을 통과하는 것보다 어렵겠지만, 태수라면 또다시 일을 저지를지도 모른다는 막연한 기대를 품었다.

"어떻게 해……."

그때 태수 다리를 주무르던 윤미소가 우는 소리를 냈다.

윤미소는 태수의 오른발 가운데 발가락 발톱을 손끝으로 살짝 건드리는데 발톱이 심하게 흔들거렸다. 더구나 발톱이 까맣게 죽은 색이다.

슥—

"앗!"

태수가 태연하게 잡아당기자 발톱이 쑥 빠지는 것을 보고 윤미소가 비명을 질렀다.

"발톱이 빠졌어요. 어떻게 해요……."

태수는 대수롭지 않게 말했다.

"아프지 않아요. 괜찮습니다."

민영이 보충 설명을 했다.

"마라톤하면 발톱 빠지는 건 예사예요. 나도 얼마나 빠졌는데 놔두면 또 자라요. 그러다가 또 빠지고."

제9장
지옥 훈련

다다다다다다—

"학학학학!"

태수는 트레드밀(Treadmill:런닝 머신) 위에서 자신이 낼 수 있는 최고 속도로 오래 달리기를 하고 있는 중이다.

단거리 100m 선수처럼 무조건 최고 속도로만 달리면 1분 아니라 몇 십 초도 버티지 못하고 나가떨어질 것이다.

그래서 심윤복 감독은 최고 속도로 달리되 최대한 오래 달리라고 주문했다.

트레드밀의 속도계는 시속 25km를 나타내고 있다. 시중에서 파는 트레드밀은 최고 속도가 15㎞ 남짓이지만 이건 특수 주문제작한 물건이라서 50㎞까지 낼 수 있다.

그 옆에서 달린 손주열과 3명의 팀원은 일찌감치 다들 떨어져 나갔다.

그래도 손주열이 5분 조금 넘게 버텼으며 속도는 태수보다 훨씬 느렸다.

"으헉헉헉!"

심윤복 감독의 주문 대로 전력오래달리기를 시작한 지 7분쯤 됐을 때 태수는 허파가 터질 것 같아서 트레드밀의 스톱버튼을 눌렀다.

탁!

"학학학학… 더 못……."

틱!

옆에서 지켜보고 있던 심윤복 감독이 스톱워치를 눌렀다.

태수는 말을 할 기력도 없이 트레드밀에서 비틀거리며 내려와 손주열 등이 퍼져 있는 바닥에 벌렁 대자로 누웠다.

"학학학학학……."

태수는 입고 있는 팬츠와 싱글렛이 흠뻑 젖은 채 가슴을 크게 들먹이며 거친 숨을 몰아쉬었다.

한쪽에서 지켜보고 있던 윤미소가 차가운 생수병과 타월을 들고 다가왔지만 태수는 일어나지도 못했다.

입에서 침인지 거품인지 모를 액체가 흘러나오는 걸 보고 윤미소가 닦아주었다.

심윤복 감독은 태수를 힐끗 보고는 몹시 굳은 얼굴로 스톱워치를 들여다보면서 한쪽의 컴퓨터가 놓인 책상으로 걸어가 앉았다.

이곳은 타라스포츠 꼭대기인 85층에 마련된 매우 규모가 큰 최신식 트레이닝센터다.

타라스포츠가 새로 영입한 각종 선수들을 위해서 꾸몄는데 현재는 마라톤팀만 사용하고 있다.

심윤복 감독은 조금 전에 태수가 트레드밀에서 전력 질주하는 것을 보고 머릿속으로 대충 계산이 나왔지만 좀 더 확실한 결과를 보려고 컴퓨터로 분석해 보았다.

태수는 짧은 시간에 속도를 붙여서 전력 질주를 시작하여 7분 12초를 달렸다.

현재로썬 그게 태수의 한계다. 그는 원래 우직할 정도로 엄살이라는 걸 모른다.

군에 있을 때도 하라면 하고 까라면 깠다. 전역 후 여러 종류의 알바를 하면서도 성실함 하나만큼은 발군이었다.

그래서 심윤복 감독이 극한까지 달려보라고 하니까 죽을 동 살 동 극한까지 달린 것이다.

아마 그 상태에서 더 달리라고 했으면 어디 병신이 되거나

게거품을 물고 기절했을 것이다.

하지만 그렇게 해서 얻어진 결과물이 지금 심윤복 감독을 놀라게 만들고 있다.

태수가 7분 12초 동안 달린 거리는 정확하게 3㎞다.

그것을 컴퓨터로 환산해 보니까 매 ㎞ 당 2분 24초가 걸렸다. 태수가 지금까지 달린 그 어떤 속도보다 빨랐다.

시속 25㎞이고 초속 6.94m. 1초 똑딱하는 사이에 7m 가까이 달렸다는 뜻이다.

컴퓨터 앞에 앉아 있는 심윤복 감독은 진지한 얼굴로 태수를 쳐다보았다.

순간적으로 그는 표정 관리를 하지 못해서 태수를 쳐다보며 몹시 탐나는 표정을 지었다.

그가 이런 표정을 짓는 것은 참으로 오랜만이다. 아니, 어쩌면 평생 한 번도 없었는지 모른다.

57세의 심윤복 감독은 12살에 육상 중장거리에 입문하여 이제껏 살아오면서 딱 두 사람을 부러워했었다.

에티오피아의 영웅 하일레 게브르셀라시에, 살아 있는 전설 케네시아 베켈레다.

그런데 요즘 한 명이 추가됐다. 케냐의 떠오르는 신성 데니스 키메토다.

하일레 게브르셀라시에는 더 이상 설명이 필요 없는 전설적인 장거리 선수다.

케네시아 베켈레는 하일레와 같은 에티오피아인으로서 현재 5,000m와 10,000m 올림픽 신기록, 세계 신기록을 동시에 보유하고 있다.

또한 올림픽 10,000m 2연패, 세계육상선수권 10,000m 4연패의 위업을 달성했으며, 국제육상경기연맹(IAAF) 세계크로스컨트리선수권 역사상 가장 많은 우승 경력(11회)를 갖고 있다.

뿐만 아니라 세계실내육상선수권대회, 세계육상선수권대회(실외), 세계크로스컨트리선수권을 모두 제패하면서 실내트랙, 실외트랙, 노면의 3개 지면을 모두 제패한 최초의 선수가 되기도 했다.

이러한 그의 업적은 하일레 게브르셀라시에와 더불어서 현존하는 가장 위대한 장거리 선수라는 평가를 받고 있다.

그리고 마지막 데니스 키메토는 마라톤 새로운 세계기록인 2시간 2분 57초를 보유하고 있다.

그런데 지금 놀랍게도 심윤복 감독은 태수에게서 그 세 사람의 모습을 모두 보고 있는 것이다.

베켈레의 10,000m 세계기록은 26분 17.35초.

매 km당 2분 38초, 시속 22.83km/h, 초속 6.34m/s다.

그런데 태수는 비록 3km 달리고 나가떨어졌지만 매 km당 2분 24초, 시속 25km/h, 초속 6.94m/s다.

태수가 그 속도로 10㎞를 계속 달릴 수 있다면 베켈레의 기록을 깨고도 남지만, 문제는 그런 식으로 3㎞밖에 달리지 못한다는 것이다.

하지만 심윤복 감독은 태수에게서 엄청난 가능성을 발견했다.

그리고 이제야 민영이 태수를 '하늘이 내린 철각'이라면서 입에 침이 마르도록 칭찬하는 이유를 알게 되었다.

베켈레가 종전 하일레의 5,000m와 10,000m 기록을 깬 것은 다 그럴 만한 이유가 있었다.

하일레는 키가 1m 60㎝이고, 베켈레는 1m 66㎝로 하일레보다 6㎝나 더 크다.

그리고 기록을 깼을 당시 베켈레는 하일레보다 9살이나 어렸다. 즉 하드웨어가 좋았던 것이다.

그런 식으로 계산한다면 태수가 베켈레보다 모든 조건에서 다 월등하다.

베켈레는 1982년생이며 만으로 32살이지만 태수는 1991년생으로 만으로 치면 이제 겨우 24살이다.

더구나 태수는 키가 1m 78㎝로 베켈레보다 무려 12㎝나 더 크다.

키 큰 사람은 잘 달리지 못한다는 속설이 있지만 다 헛소리라는 게 입증됐다.

그렇다면 꺽다리 장재근은 어떻게 아시안게임 200m에서 금메달을 땄겠는가.

심윤복 감독이 그동안 가르쳤던 선수 중에는 태수보다 더 빠른 선수도 있었다.

하지만 태수에게 했던 것과 같은 전력오래달리기를 5분 이상 버틴 놈은 한 놈도 없었다.

심윤복 감독은 비전 없는 경일실업이 마라톤팀을 해체하는 바람에 갈 곳이 없어서 타라스포츠에 왔지만, 그야말로 엎어진 곳에서 노다지 금맥을 발견했다.

그날 밤에 심윤복 감독은 태수와 손주열을 데리고 타라스포츠 본사 건물 앞 바닷가의 포장마차로 갔다.

윤미소에겐 오라는 말을 하지 않았는데 태수 옆에 껌처럼 붙어 다녔다.

윤미소는 지난번 태수가 혼자 영양에 갔다가 병원에 입원하는 불상사를 당한 이후 정신 바짝 차리고 한시도 그의 곁에서 떠나지 않았다.

말하자면 태수가 윤미소의 밥줄인 것이다.

"이거 보세요."

일행이 자리를 잡고 앉아서 심윤복 감독이 주인에게 술과 요리를 주문하고 나자 윤미소가 스마트폰을 태수에게 내밀었다.

스마트폰 화면에는 태수가 마라톤대회 출발선을 출발하는 모습과 골인하는 장면 2장의 사진이 떠 있다.

사진 아래 눈에 확 띄는 굵직한 글씨로 제목이 달렸다.

—하프마라톤 세계기록 보유자 한태수 선수. 마스터즈대회에서 생애 첫 풀코스 마라톤을 2시간 13분 45초로 현존하는 국내 엘리트 선수 중 최고 기록으로 완주.

그러고는 그 아래 기사는, 한태수가 서울 잠실의 어떤 마스터즈대회에 부정 선수 신분으로 참가했다는 제법 자세한 내용이 나와 있다.

"신문인가?"

"MBC 스포츠뉴스예요."

심윤복 감독의 물음에 윤미소가 대답했다.

그 말을 듣고 태수는 아마도 MBC 스포츠기자 차동혁이 몰래 취재했을 거라고 짐작했다.

어쩌면 그것도 지난번처럼 민영이 슬쩍 귀띔을 해주었을지 모른다.

그리고 이렇게 방송에 흘리도록 한 것도 민영의 지시였을지 모르는 일이다.

타라스포츠의 홍보를 위해서라면 민영으로서 충분히 하고도 남을 일이다.

태수가 엘리트 선수가 되기 전에 마스터즈 신분이었을 때 부정 선수로 참가했으니까 법적으로는 아무런 문제가 없는 일이다.

오히려 MBC에서 그런 방송이 나감으로써 태수는 또 한 번 국내육상계를 비롯한 대한민국 전체를 한 번 슬쩍 들었다가 내려놓은 격이 됐다.

"민영 씨 어린 친구가 머리 좋군."

민영의 공작이라는 것을 알아차린 심윤복 감독이 말과는 달리 대수롭지 않은 얼굴로 중얼거렸다.

양념꼼장어구이와 멍게, 해삼, 개불, 회 한 접시가 술과 함께 푸짐하게 나왔다.

"술 마시나?"

심윤복 감독이 소주병을 들고 세 사람을 둘러보자 모두들 고개를 끄떡였다.

태수는 술이 센 편이지만 양껏 마셔본 적이 별로 없고 만취해서 실수한 적은 한 번도 없다.

그러나 전역 후에는 술을 실컷 마셔본 적이 거의 없었다. 혜원이 안동에 내려오면 이따금씩 소주 한두 병쯤 마시는 게 전부였다.

술이 몇 잔씩 돌아가고 나서 더 취하기 전에 심윤복 감독이 본론을 꺼냈다.

"니들 나 따라올래?"

"무슨 말씀이신지……."

태수는 의아한 표정을 짓는데 손주열은 급히 자세를 똑바로 하더니 공손하게 말했다.

"그러겠습니다."

손주열은 육상 감독 중에서 심윤복을 가장 존경한다.

여태까지 인연이 닿지 않아서 심윤복의 가르침을 받지 못했었지만, 삼성전자 육상팀에 있으면서도 늘 그의 자서전을 필독서로 삼았고, 그의 지침과 방식을 따르려고 노력했었다.

이제 인연이 닿아 심윤복 감독과 한솥밥을 먹게 됐으니 손주열은 나름 부푼 기대를 안고 있다.

그런 손주열이 과거 심윤복 감독이 두 번인가 육상팀에서 대박을 터뜨리기 전에 꿈나무들에게 했던 '니들 나 따라올래?'라는 유명한 말을 모를 리가 없다.

그 말은 그의 자서전 '바람이 불지 않으면 노를 저어라'에도 여러 번 나온다.

그러나 그 말의 의미를 알 턱 없는 태수와 윤미소는 뜨악한 표정이다.

"심 감독님 다른 데로 옮기는 건가요?"

윤미소가 조심스럽게 물었다.

심윤복은 말없이 소주잔만 기울이는데 가슴 벅찬 표정의 손주열이 대변했다.

"감독님 말씀은 지옥 훈련 따라올 거냐는 뜻입니다."

"아……."

태수는 눈을 빛냈고 윤미소는 고개를 크게 끄떡였다.

"따라가겠어요."

심윤복은 윤미소를 거들떠보지도 않았다.

"넌 필요 없어."

술 몇 잔에 나사가 풀린 윤미소는 상체를 흔들며 어울리지 않는 앙탈을 부렸다.

"히잉……."

심윤복은 태수를 턱으로 가리켰다.

"너 말야, 태수. 따라올래?"

태수는 민영이 자신을 스카웃한 것만큼이나 지금이 중요한 때라는 것을 직감했다.

그는 금세 대답하지 않고 소주잔을 만지작거리면서 조심스럽게 입을 열었다.

"묻고 싶은 게 있습니다."

"뭐냐?"

심윤복은 자상한 성격이 아니다. 오히려 과묵하고 혹독하며 가차 없는 인물로 정평이 나 있다. 그는 과정보다 결과를 중요하게 여기는 사람이다.

"저에 대해서 다 아셨습니까?"

"웬만큼은."

태수는 마라톤을 시작하면서부터 정신세계도 따라서 빠르게 성장하고 있는 자신을 느끼고 있다.

급속하게 변해가는 현실에 적응하기 위해서라도 자신이 변해야 한다고 판단했다.

예전에는 자기 처지가 그래서 그랬는지는 몰라도 대충대충 살았었지만, 이제부터는 그렇게 살지 않으려고 매일 밤 자기 전에, 그리고 아침에 일어나서 다짐을 거듭한다.

자신에게 주어진 이런 찬스는 인생에서 결코 자주 찾아오는 게 아니기 때문이다.

"그럼 대답해 주십시오."

손주열과 윤미소는 태수가 무슨 말을 할지 긴장된 얼굴로 지켜보았다.

태수는 말하기 전에 소주잔을 입속에 쏟았다.

"저를 세계최고로 키워주실 수 있습니까?"

설마 태수가 그런 말을 할 줄 몰랐던 손주열과 윤미소는 어? 하고 놀라는 표정을 지었다.

하지만 심윤복은 어느 정도 짐작했었는지 '요놈 봐라?'라는 얼굴로 물었다.

"따라올 테냐?"

태수는 또 소주잔을 비웠다.

"세계최고로 키워주신다면 어디든지 따라가겠습니다."

심윤복은 금세 대답하지 않았다. 그는 완벽하지는 않지만 태수에 대한 신체검사와 의학검사, 그리고 테스트를 대충 마쳤다.

그것만 놓고 봤을 때 태수는 최상의, 아니, 엄청난 자질을 갖추었다.

거기에 심윤복 같은 사람이 제대로 조련만 더해준다면 충분히 빛을 볼 수 있다.

"어떤 세계최고 말이냐?"

심윤복도 쉽게 대답하지 않았다.

"욕심을 말해도 됩니까?"

"이왕이면 포부라고 해라."

"좋습니다. 포부입니다."

태수도 조금 취했다. 맨정신이었다면 이런 식으로 오바하지는 않았을 거다.

"말해봐라."

정작 당사자인 태수나 심윤복보다도 손주열과 윤미소가 더 긴장해서 태수를 주시했다.

"하일레 게브르셀라시에, 케네시아 베켈레, 데니스 키메토를 합친 최고가 되고 싶습니다."

"딸꾹~"

모두의 놀라움을 윤미소가 딸꾹질로 대신했다.

태수는 심윤복이 엄청 심각한 표정을 짓고 있는 걸 보고 씩 겸연쩍게 미소 지었다.

"그냥 포부입니다."

심윤복이 느닷없이 태수의 머리를 갈겼다.

탁!

"해보자!"

"예?"

여태까지 굳은 표정이었던 심윤복은 싱긋 뜻깊은 미소를 지으며 태수의 귀때기를 잡아당겼다.

"대신 나랑 지옥 가야 한다."

"아아… 알았습니다……."

그날 밤에 네 사람은 고주망태가 되도록 마셨다.

취중에 많은 일이 있었지만 대부분 좋은 일이었다.

그중에 태수와 손주열, 윤미소가 동갑내기였다는 사실과, 그래서 세 사람이 친구 먹기로 하고 말을 텄다는 것이 그들을 제일 기분 좋게 만들었다.

그리고 서울이 집인 윤미소가 해운대 근처에 방을 구해야 하는데 좀처럼 시간이 나지 않고 또 전세나 월세가 만만치 않다고 징징거리면서 태수에게 SOS를 보냈다.

말인즉, 태수가 혼자서 40평형대 방 3개짜리 오피스텔에 혼자 살고 있으니까 방을 구할 때까지 문간방 하나에 얹혀서 살면 안 되겠느냐는 것이다.

손주열이 방이 남아도는데 그래도 되지 않겠느냐면서 태수를 꼬드겼고, 심윤복은 자기도 딸 가진 아버지로서 윤미소의 심정을 십분 이해한다고 연신 고개를 끄떡이며 지원사격을 했다.

태수로서도 그림자 같은 개인비서가 한집에 있으면 나쁘지 않을 거라는 생각에 승낙했다.

참고로 손주열은 태수와 같은 빌딩에 오피스텔을 배정받았지만 18평짜리다.

다음 날 태수와 손주열, 마라톤 팀원들은 3일간 휴가를 받았다.

손주열은 고향 광주에 다녀오겠다면서 떠났지만 태수는 타라스포츠 85층 트레이닝센터에서 비지땀을 흘렸다.

태수는 3일 휴가마저도 허투루 보내고 싶지 않을 정도로

결심이 굳었다.

혜원하고는 하루에 한두 번 정도 전화 통화를 하는 것으로 만족하고 있다.

태수도 혜원도 서로를 애타게 보고 싶어 하지만 태수로서는 자신에게 주어진 일에 전력하는 것이 중요하다고 생각했다.

지금보다 훨씬 더 크고 훌륭한 사내가 된 다음에 떳떳하게 혜원을 맞이하고 싶은 것이다.

그날 영양 혜원네 집에 다녀온 이후 태수는 사람이 많이 변했다.

태수는 혜원의 아버지에게 푸대접을 받고 큰오빠 중권에게 맞아서 병원에 입원까지 했었지만 그들을 원망하고 싶지 않았다.

지금까지 태수는 어느 것 하나 내세울 것 없는 백수건달이나 다름이 없었다.

그런 태수를 혜원은 어렸을 때부터 지금껏 한눈 한 번 팔지 않고 이 세상에 남자는 태수 한 명밖에 없는 것처럼 태수만 쳐다보면서 살았다.

그러니까 이제부터는 태수가 혜원을 지켜줄 차례다.

윤미소는 태수의 심부름으로 영양에 왔다.

그녀는 한나절 동안 영양 읍내 번화가를 발품을 팔면서 돌아다녔다.

그녀와 동행을 하고 있는 청년은 박기태라고 태수의 고교와 대학 동창이다.

박기태는 태수하고 같은 자동차과를 나와 영양읍에서 카센터를 하고 있는 형을 돕고 있다.

태수는 엄마에게 영양 읍내 번화가에서도 목 좋은 가게를 내주고 싶어서 윤미소를 보냈다.

그리고 친구이며 영양 토박이 박기태에게는 미리 전화를 해서 윤미소를 안내해 달라고 부탁했었다.

영양읍에는 따로 부동산이 없기 때문에 두 사람은 한나절 동안 발품을 팔아 돌아다니면서 입소문 난 목 좋은 가게들을 살피고 다녔다.

영양읍 번화가 대로변 어느 3층 건물 앞에 윤미소가 서서 이마의 땀을 훔치고 있다.

최종적으로 낙점된 건물이다. 건평 120평에 1층에서 3층까지 12개 점포와 학원 같은 것들이 세 들어 있으며, 1층 한복판 두 곳의 가게는 비우도록 했다.

그 자리에는 태수 엄마가 점원 한 명을 두고 직접 운영할 편의점하고 친구 애자 아줌마가 운영할 식당이 들어설 예정이다.

박기태가 태수 엄마와 엄마 친구 애자 아줌마를 모시고 왔다.

"어머니, 이 건물 어떻니껴?"

　영문도 모르고 끌려온 태수 엄마는 읍내에서 제일 좋은 노른자 건물을 쳐다보았다.

"어떻다니, 뭐 말이로?"

"이런 건물 하나 있으면 안 좋겠니껴?"

"좋다 뿐이라? 팔자 피제."

　박기태가 윤미소를 가리켰다.

"어머니, 이 아가씨 태수가 보낸 여비서라 카데에."

"태수가?"

　윤미소는 공손히 인사하고 나서 건물을 가리켰다.

"한 과장님께서 이 건물을 어머니께 사드리라고 말씀하셨어요."

"……"

"이 건물에서 한 달에 월세가 5백만 원쯤 나올 텐데 그건 어머니께서 생활비로 쓰세요."

"그… 그기 참말이니껴?"

"네."

　엄마는 어리둥절해서 물었다.

"근데 한 과장님인가 뭐신가 하는 양반이 누구껴?"

"어머니 아드님인 한태수 과장님이에요."

"우리 태수? 갸가 과장이니껴?"

"네."

"하이구야……."

엄마는 맥이 탁 풀리는 모습이다.

"어머니 친구분 애자 아주머니께는 이 건물에 식당을 내드리라고 말씀하셨어요."

잠시 후 이 엄청난 일이 사실이라고 받아들인 엄마와 애자 아줌마는 서로 부둥켜안고 눈물바람이 났다.

태수가 오전 훈련을 마치고 샤워를 하고 나올 때 영양에서 돌아온 윤미소가 트레이닝센터로 들어섰다.

"다녀왔습니다."

그녀는 큰 소리로 말하고는 태수 가까이 다가와서 목소리를 낮추었다.

"힘들어 죽겠어."

"수고했다."

두 사람은 그저께 손주열과 함께 말 트기로 하고 나서 사적으로는 줄곧 반말을 하고 있다.

태수는 냉장고에서 드링크 두 개를 꺼내 소파에 앉아 있는 윤미소 옆에 앉으며 하나를 까서 건넸다.

"태수 너희 엄마하고 애자 아줌마 정말 좋아하시더라."

태수는 엄마와 애자 아줌마의 기뻐하는 모습이 눈에 선했다.

"친구 아줌마하고 얼싸안고 얼마나 우시는지……."

여린 심성의 윤미소는 그 말을 하면서 자기도 눈물이 나자 소파에 길게 누워 미니스커트 아래의 두 발을 태수 무릎에 얹었다.

"다리 아파 죽겠어. 다리 좀 주물러."

희고 뽀얀 얼굴에 귀티가 흐르는 윤미소는 피곤한지 눈을 감았다.

"이따 태수 너 CF 촬영 갈 때까지 조금 자야겠다."

심윤복 감독이 짠 타라스포츠 마라톤팀 5명의 첫 번째 훈련 일정표가 나왔다.

새벽 5시 기상.

아침 6시부터 8시까지 수영 강습.

아침 식사 후 10시 인터벌, 야소 800훈련 등 트랙 훈련.

점심 식사 후 2시부터 강변로 훈련. 지속주 20㎞, LSD 20㎞, 페이스주 20㎞, 총 60㎞.

6시 저녁 식사 후 8시부터 10시까지 타라스포츠 트레이닝센터에서 근지구력운동 및 헬스사이클 훈련.

T&L스카이타워 지하 2층에는 스포츠센터가 자리 잡고 있는데 그중 실내수영장도 있다.

8개의 레인이 갖추어진 수영장 옆에는 얕은 수심의 유아용 풀이 있다.

"더 힘차게!"

팡팡팡팡팡—

수영강사의 고함 소리에 맞춰서 풀장 밖에 상체를 내놓고 엎드린 자세로 골반 아래 두 다리만 물에 담근 6명은 전력으로 발장구를 쳤다.

"무릎 꺾지 말고! 양쪽 엄지발가락을 스치듯이 찹니다!"

수영복을 입고 엎드려서 발장구를 치는 사람들은 태수를 비롯한 타라스포츠 마라톤 팀원들이고, 태수 옆에는 수영복을 입은 날씬한 윤미소도 있다.

마라톤팀 전원이 수영을 배우라는 건 심윤복 감독의 명령이었다.

심윤복 감독은 마라톤 선수가 죽어라고 달리는 훈련만 해서는 안 된다는 지론을 갖고 있는 몇 안 되는 선각자적인 지도자다.

수영을 하면 허벅지, 허리, 어깨와 팔의 강화훈련은 물론이고, 폐활량이 좋아질 뿐만 아니라 몸이 전체적으로 슬림하고 날렵해진다.

심윤복 감독은 무조건 체중이 가벼운 사람보다는 몸이 전체적으로 맵시 있게 잘 빠진 사람이 잘 달린다고 입버릇처럼 말하고 있다.

"다리로 차지 말고 허벅지로 찹니다!"

멋진 몸매의 수영강사가 마라톤팀 머리 위쪽에서 오락가락하며 연신 외쳐대고 있다.

"허벅지! 허벅지! 허벅지!"

30분째 발장구만 차고 있는 마라톤팀은 지칠 대로 지쳐서 헐떡거렸다.

윤미소는 자기도 맥주병이라면서 이 기회에 수영을 배우겠다고 합류했으나 곧 후회하고 있다.

발장구 다음에는 태수를 선두로 줄줄이 유아용 풀에서 킥판을 붙잡고 물에 떠서 발장구를 치는 훈련을 했다.

팡팡팡팡팡—

"허벅지! 허벅지!"

수영강사는 허벅지만 외쳐대고 있다.

타라스포츠 마라톤팀은 부산사직종합운동장 보조경기장에서 오전 훈련을 시작하려 하고 있다.

심윤복 감독이 근엄한 모습으로 제 일성을 토했다.

"5,000m 전력 질주 테스트다!"

장거리 마라톤 선수들에게 5,000m를 달리라고 하는 것은 심윤복 감독만의 방식이다.

이를 통해서 선수 개인의 스피드와 지구력 등을 키우는 것인데, 이번에는 선수들의 테스트도 겸하고 있다.

출발선에 태수와 손주열을 비롯한 5명이 나란히 늘어섰다.

모두들 타라스포츠에서 제공한 각양각색의 팬츠와 싱글렛, 각자의 발에 맞춰서 제작한 타라 마라톤화, 타라 고글을 착용한 모습이다.

"출발!"

심윤복 감독이 크게 외치면서 스톱워치를 작동했다.

태수와 손주열, 김경진, 우정호, 정목환 5명은 총알처럼 빠르게 튀어 나갔다.

모두들 심윤복 감독이 보는 앞에서 트랙에서 달리는 것은 처음이라 전력을 다했다.

태수는 출발과 동시에 스톱워치를 누르고 5명 중에서 중간으로 달렸다.

태수는 나름대로 계산을 해보았다.

지난번 트레드밀에서 전력 질주로 최대한 오래달리기를 했을 때 그는 시속 25km로 7분 12초 동안 3km를 달렸으며, 매

㎞당 2분 24초가 걸렸다.

그렇지만 3㎞를 달리고 퍼졌었다.

지금은 5,000m, 즉 5㎞를 달려야 하니까 그때보다 조금 느린 ㎞당 2분 35초 정도의 속도로 달려야겠다고 마음먹었다.

그 정도면 시속 23㎞는 나올 것 같았다.

㎞당 2분 24초로 3㎞ 달리는 것이 태수의 전력 90%라고 한다면, ㎞당 2분 35초로 달리는 것은 80%쯤 될 것이고, 5㎞쯤은 너끈히 달릴 수 있지 않을까 하는 게 그의 계산이다.

태수는 이제 계산도 할 줄 알게 됐다.

5㎞를 달리려면 400m 트랙을 12바퀴 반을 돌아야 한다.

탁탁탁탁—

"헉헉헉헉……."

4바퀴를 돌았을 때 태수는 다른 선수들보다 한 바퀴, 손주열에게는 반 바퀴 앞서서 달리고 있었다.

5바퀴 2㎞째 태수는 3명의 선수들 오른쪽으로 치고 나가 추월하고서 출발선까지 이르렀을 때 재빨리 시간을 봤다.

5분 06초.

㎞당 2분 38초 걸렸다는 뜻이다.

그가 목표로 한 ㎞당 2분 35초보다 3초씩 더 걸렸다.

그 정도 속도로 달려도 충분하지만 태수는 3초 느리다는 것이 마음에 걸려서 조금 더 속력을 냈다.

다시 1㎞를 더 달렸을 때 이번에는 ㎞당 2분 30초가 걸렸으며 숨이 차오기 시작했다.

한 번 숨이 차기 시작하면 걷잡을 수 없게 된다. 다시 적당한 호흡이 되기 위해서는 꽤 오랜 시간이 걸리고, 그러는 사이에 기록은 형편없어진다. 그러니까 호흡이 극한에 이르기 전에 속도를 줄이는 게 좋다.

탁탁탁탁―

태수가 이렇게 시간과 속도를 나름대로 철저하게 계산하면서 달리는 것도 처음인 것 같다.

트랙은 주로하고는 달라서 사람을 더 긴장하게 만든다.

10바퀴를 돌았을 때 태수는 가장 느린 김경진보다 2바퀴 반을 앞섰으며 손주열보다는 한 바퀴 앞서 달리고 있다.

10바퀴, 즉 4㎞까지 10분 45초.

지금껏 전력의 80%로 달렸기 때문에 아직 여력이 남아 있는 태수는 그때부터 남은 1㎞를 전력의 90%로 달리기 시작했다.

탁탁탁탁―

태수는 드디어 12바퀴 5㎞ 골인하면서 스톱워치를 눌렀다.

"학학학학……"

숨이 몹시 차서 가슴이 터질 것 같지만 4일 전 트레드밀에서 전력 질주오래달리기 때처럼 나자빠지지는 않았다.

태수는 허리를 굽히고 헐떡거리며 트랙 바깥쪽으로 걸으면서 시간을 체크했다.

13분 5초다.

태수는 스톱워치를 손에 쥐고 들여다보면서 자기에게 다가오고 있는 심윤복 감독을 보면서 그가 만족했을까 하고 조금 걱정했다.

"물 마셔."

숏팬츠 같은 반바지를 입고 풍만한 가슴골을 살짝 드러낸 탱크탑, 잘록한 허리 라인에 살짝 복근이 예쁜 윤미소가 급히 달려오며 태수에게 차가운 생수를 내밀었다.

태수가 물을 들이켜자 윤미소가 그의 어깨와 등의 땀을 닦아주었다.

탁탁탁탁—

"으헉헉헉……."

그때 손주열이 골인하여 트랙 바깥으로 비틀거리며 걸어가더니 총에 맞은 것처럼 풀썩 쓰러져서 할딱거렸다.

가까이 다가온 심윤복 감독이 심각한 표정을 지었다.

"태수 너 이 자식."

그 말에 태수는 순간적으로 자기가 뭘 잘못한 건가 하는 생각이 들었다.

"감독님……"

"태수 너 13분 5초가 무슨 의미인 줄 아는 거냐?"

태수는 아직도 심윤복 감독이 정색을 하고 꾸짖는 듯한 얼굴을 하고 있는 이유를 알지 못했다.

"잘 모르겠습니다."

그때 헐떡거리면서 걸어오는 손주열이 놀란 얼굴로 나직하게 외쳤다.

"감독님, 태수 13분 5초입니까?"

"그래."

고개를 크게 끄떡이며 대답하는 심윤복 감독의 입가에 그제야 득의한 미소가 번졌다.

손주열이 눈을 커다랗게 뜨고 놀라면서 태수 손에서 생수병을 낚아챘다.

"태수 너 국내 5,000m 최고기록이 몇인지 아냐?"

"모르는데?"

"백승호가 세운 13분 42초 98이야! 야아… 너……"

"……"

태수는 순간적으로 그게 무슨 뜻인지 이해하지 못했다가 잠시 후에 굳었던 얼굴이 풀어졌다.

"하아… 그런 거였어?"

심윤복 감독은 기분이 너무 좋아서 가슴이 부풀어 터지려는 것을 간신히 참았다.

심윤복 감독은 태수가 자기 포부를 말한 것처럼, 그는 정말로 하일레 게브르셀라시에와 케네시아 베켈레, 데니스 키메토를 합쳐 놓은 괴물로 점점 진화해 가고 있다는 느낌이 들었다.

그제야 정목환과 우정호, 김경진의 순서로 뒤처졌던 선수들이 들어와 차례로 바닥에 나뒹굴었다.

손주열이 생수병을 입에서 떼며 아깝다는 표정을 지었다.

"이게 훈련이라는 게 아깝다. 아니면 방금 그 기록이 대한민국 5,000m 새 기록이 될 텐데……."

심윤복 감독이 돌처럼 굳은 얼굴로 태수에게 물었다.

"태수 너 전력의 몇 프로로 뛴 거냐?"

"한 80%쯤 될 겁니다. 마지막 1㎞ 남기고는 90%로 뛰었습니다."

"음."

심윤복 감독은 낮은 신음 소리를 내고는 노트북이 놓여 있는 곳으로 걸어갔다.

"감독님! 태수 잘 뛰었다고 칭찬 안 해주는 겁니까?"

넉살 좋은 손주열이 등에 대고 외치자 심윤복이 돌아보면서 말했다.

"인터벌 준비해라."

윤미소가 태블릿 PC를 보면서 심윤복에게 외쳤다.

"감독님! 태수 11시부터 방송사와 매거진북스에서 인터뷰 있는데 좀 일찍 끝내죠?"

"점심 먹고 휴식 시간 있잖아!"

"휴식 시간에는 쉬어야죠."

"국물도 없다."

심윤복은 단칼에 자르고 가버렸다.

"태수 너는 한 바퀴 50초다."

심윤복 감독은 출발선에 선 태수더러 400m 트랙 한 바퀴를 50초에 주파하라고 주문했다.

"주열이 넌 53초. 목환이하고 정호, 경진이는 55초다."

심윤복 감독은 출발선에 선 태수 등 5명에게 조용한 목소리로 겁을 주었다.

"시간에 미달되는 놈은 돌지 않은 것으로 친다. 40바퀴다! 출발!"

탁탁탁탁탁―

태수와 손주열 등 5명이 쏜살같이 달려 나갔다.

인터벌훈련의 거리와 속도는 딱 정해진 것이 없다. 그때그때 편리한 대로 맞춰서 달리면 된다.

오늘은 한 바퀴 전력 질주하고 나서 한 바퀴를 쉬면서 LSD로 뛰고, 또 한 바퀴 전력 질주에 한 바퀴 LSD로 뛰며 휴식하는 방식이다.

40바퀴면 16㎞다.

태수는 모르지만 손주열 등은 인터벌을 16㎞씩이나 해본 적이 없다. 그건 뛰다가 죽으라는 소리기 때문이다.

태수더러 한 바퀴 400m를 50초에 주파하라는 것은 1㎞를 2분 5초에 뛰라는 얘기다.

그건 시속 28.8㎞에 초속 8m라는 엄청난 속도이며, 그 속도로 뛰면 풀코스를 1시간 28분에 주파할 수 있다.

그렇지만 다행히 한 바퀴만 그렇게 뛰라는 것이다.

태수의 달리는 속도는 갈수록 느려졌다.

"탁탁탁탁—

"학학학학……."

그리고 호흡은 점점 더 거칠어졌다.

처음에 10바퀴까지는 한 바퀴당 50초에 어떻게든 맞출 수 있었다.

하지만 10바퀴가 넘어가니까 점점 속도가 떨어졌다.

한 바퀴 전력 질주하고 한 바퀴를 LSD로 뛰면서 쉬는 것으로는 피로가 완전하게 회복되지 않았다.

다리가 아니라 호흡이 따라주지 못했다. 풀코스를 뛸 때는 '마의 벽'에 부닥쳐서 햄스트링이나 허리, 어깨 같은 몸이 아팠었는데, 인터벌에서는 몸이 아닌 호흡이 문제다.

'도대체 왜 그런 거지?'

태수는 15바퀴째에 한 바퀴 53초로 느려지면서 그런 의문이 들기 시작했다.

'어째서 한 바퀴를 돌면서 휴식하는데 호흡이 안정되지 않는 거지?'

손주열은 32바퀴째 돌다가 주저앉아서 트랙 밖으로 엉금엉금 기어 나갔다.

손주열은 그나마 나은 편이다. 우정호, 정목환, 김경진 3명은 30바퀴 이전에 리타이어했다.

탁탁탁탁······.

"으헉··· 학학학······."

그러나 태수는 고꾸라질 듯한 자세로 계속 트랙을 돌았다.

그렇게 마지막 39바퀴째 전력 질주는 75초, 즉 1분 15초가 걸렸다.

윤미소는 의자에 앉지도 못하고 발을 동동 구르면서 태수가 마지막 바퀴를 조깅으로 천천히 뛰면서 돌고 들어와 그 자리에 쓰러지자 구르듯이 달려갔다.

심윤복 감독은 팔짱을 낀 채 태수를 응시했다.

'태수 저놈은 근성까지 마음에 드는군.'

윤미소는 벌렁 자빠져 있는 태수 얼굴과 머리에 생수 물을 뿌리면서 잔소리를 퍼부었다.

"야! 이 미련곰탱아! 다른 사람들처럼 중간에 퍼지지 뭐 하러 끝까지 달리냐? 달리긴?"

"아⋯⋯."

누워서 헐떡거리던 태수는 뭔가 깨닫는 게 있어서 벌떡 일어나 앉아서 심윤복 감독에게 소리쳤다.

"감독님! 이거 인터벌이라는 거, 사람을 터보로 만들려고 하는 겁니까?"

"터보가 뭐냐?"

심윤복은 어슬렁거리면서 다가오며 물었다.

태수는 앉은 채 심윤복을 올려다보면서 말했다.

"엔진에 들어가는 공기나 혼합기의 양을 늘려서 엔진파워를 증가시키는 방법입니다."

"흠."

"공기를 압축시켜서 엔진으로 보내 출력을 높이는 거죠."

"난 엔진에 대해서는 잘 모르지만 니 말이 맞는 것 같기도 하다."

심윤복은 운동화 신은 발끝으로 바닥을 탁탁 두드렸다.

"그러니까 자동차의 터보는 마라톤 훈련의 최대산소섭취량

하고 비슷한 것 같다."

"그렇습니다."

태수는 전에 민영에게서 최대산소섭취량에 대해서 설명을 들은 적이 있었다.

심윤복은 고개를 끄떡였다.

"어쨌든 자동차나 사람이나 산소를 많이 섭취해야 더 큰 힘을 발휘한다는 얘기인 것 같구나."

"그렇죠."

"순덕이가 너에 대해서 한 의학검사자료에 의하면 넌 몇 가지 특이체질이더군."

"그렇습니까?"

태수가 똑바로 책상다리를 하고 앉자 심윤복은 그 앞에 앉고, 윤미소는 태수 옆에 앉아서 어깨를 주물렀다.

"그중에서 한 가지, 똑같이 과도한 운동을 했을 때 너의 유산소와 젖산의 생성 수치가 놀랄 만큼 낮았다. 그건 그만큼 다른 사람보다 피로를 덜 느끼고 반면에 피로회복도가 빠르다는 뜻이다."

"아⋯⋯."

"특히 태수 너의 폐용량은 보통 사람들보다 절반 정도 더 큰 데다 폐활량은 1리터 정도 더 크고 사용되는 양도 절반쯤 더 크다고 나왔다."

"어쨌든 좋다는 뜻이로군요?"

윤미소가 재빨리 태블릿 PC를 두드리더니 설명했다.

"폐활량은 한 번에 공기를 최대로 들이마셨다가 내뿜을 수 있는 양인데 선천적으로 타고난다. 평균 성인 남성의 폐활량은 3.5리터~4.5리터이고 한 번 호흡에 0.5~1리터의 양만 사용된다고 하네요."

"그런데 순덕이가……."

"그 순덕이 여기 있어요."

어느새 다가온 닥터 나순덕이 자꾸 이름을 부른다고 심윤복을 하얗게 흘기고는 대신 설명했다.

"태수 씨의 선천적인 폐활량은 5.5리터에 달하며, 그중에서 1.5리터의 양이 사용되고 있어요."

윤미소가 눈을 동그랗게 떴다.

"굉장하군요……! 그래서 태수가 슈퍼맨인 거예요!"

나순덕이 고개를 끄떡였다.

"그렇죠. 그런데 인터벌 같은 훈련을 반복함으로써 폐활량과 사용되는 양을 더 늘릴 수 있어요. 즉 최대산소섭취량을 늘리는 거죠."

나순덕은 손가락 두 개를 펼쳤다.

"태수 씨의 노력 여하에 따라서는 심장과 허파가 터보차저뿐만 아니라 슈퍼차저까지 달 수 있어요. 트윈터보죠."

사감 선생처럼 생긴 나순덕은 정신과 의사처럼 말했다.

"태수 씨 BMW X6M50D는 트리플터보죠?"

"그렇습니다."

"태수 씨도 노력해서 한번 트리플터보를 달아보세요."

짝짝짝짝!

심윤복이 박수를 치며 독려했다.

"일어나라! 훈련이다!"

태수를 비롯해서 손주열 등이 일어날 기미를 보이지 않고 앉거나 누운 채 꼼지락거리자 심윤복은 출발선을 가리키며 언성을 높였다.

"자! 자! 터보를 달아야지!"

태수는 합숙훈련을 떠나는 리무진버스 안에서 민영의 전화를 받았다.

―오빠, 여기 인천공항이야.

"어디 가니?"

민영의 목소리는 늘 밝다.

―아프로디테 북미 투어야. 한 달쯤 걸릴 거야. 그래도 오빠 호주하고 일본 마라톤대회 나가기 전엔 돌아갈 거야.

"나 호주랑 일본 마라톤대회 나가니?"

―감독님한테 얘기 못 들었구나? 그럼 나중에 감독님한테

들어. 어쨌든 나 떠난다고 오빠에게 보고하는 거야.

그러고 보니까 요즘 민영이 통 보이지 않았었다. 투어 준비 때문에 바빴던 모양이다.

태수는 민영에게 특별한 감정을 갖고 있지는 않지만 오랫동안 보지 못했고 또 앞으로도 한 달이나 못 본다는 생각을 하니까 좀 서운했다.

―오빠, 잠깐만~ 애들이 오빠 바꿔달라고 난리야~

지난번 해운대 수영만 요트에서 밤을 새워가며 파티하면서 친해졌던 아프로디테 멤버 효연과 스칼렛, 미셸을 말하는 것이다.

곧 영상통화로 바뀌더니 민영을 비롯한 4명의 싱싱하고 아리따운 여자들이 서로 얼굴을 모아 와아~! 하고 화면에 나타나서 종달새처럼 지지배배 떠들며 인사를 쏟아냈다.

태수가 그날 봤을 때 민영은 물론이고 다른 3명의 여자애들도 내숭 따위 없이 정말 활달하게 잘 놀았다.

그런 중에도 효연은 좀 새침하면서 클래식한 분위기고, 스칼렛은 털털하면서도 씩씩하고, 미셸은 파리지엔느답게 우아하고 또 꼼꼼했다.

아프로디테는 셀카봉으로 자기들을 찍으면서 태수를 위해 민영의 대히트곡 내 남자를 합창으로 좁은 차 안에서 안무까지 곁들여서 멋들어지게 불러주었다.

어느덧 태수 주위에는 손주열과 동료들이 모여들어 헤이! 헤이! 어깨춤을 추고 합창을 하면서 몸을 흔들었다.

태수 옆에 앉아서 팔짱을 낀 채 약 먹은 닭처럼 꾸벅꾸벅 졸고 있던 윤미소가 인상을 썼다.

"아~ 잠도 못 자게 누가 이렇게 떠들어?"

노래가 끝나고 태수와 민영 단둘이 남게 되자 민영이 마지막 인사를 했다.

―다시 만나면 오빠한테 못다 한 약속 지켜야지.

"무슨 약속?"

민영의 목소리가 작아지고 장난스러워졌다.

―누나 찌찌. 에헤헤…….

이번 훈련 합숙 장소는 경북 풍기군 소백산 풍기온천리조트로 정해졌다.

먹고 자고 씻는 것만 숙소에서 하고 훈련은 처음부터 끝까지 야외에서 행한다.

이곳에는 타라스포츠 마라톤팀이 다 왔다. 마라톤팀이라고 하면, 심윤복 감독 이하 태수를 비롯한 5명, 태수의 껌 윤미소, 닥터 나순덕, 마사지사 남녀 2명, 영양사 1명, 요리사 2명, 운전기사 4명, 리무진버스 1대와 외제 밴 1대, 팀원들의 식단을 위한 냉장차 1대, 각종 장비를 실은 특장차 1대, 대부대다.

턱턱턱턱…….

"하악… 하악… 하악……."

소백산 능선에 숨넘어가는 가쁜 숨소리가 울려 퍼지고 있다.

태수와 팀원들은 숙소인 풍기온천리조트를 출발하여 구불구불 가파르기 짝이 없는 죽령길을 뛰어서 오르고 있다.

예전에는 이 죽령길이 소백산을 넘어서 충북 제천과 경북 풍기를 잇는 유일한 길이었다.

하지만 10여 년 전에 춘천에서 대구까지 중앙고속도로가 뚫려서 지금은 하루 종일 차 몇 대 구경하기 어려울 만큼 한산해져서 언덕훈련 하기에는 적격이다.

마라톤 훈련 중에서 언덕훈련은 필수코스다. 다리와 햄스트링 단련, 폐활량 상승, 근지구력 강화에 최고다.

이걸 하지 않으면 야구선수가 타격훈련을 하지 않은 것이나 같다.

숙소인 풍기온천리조트를 출발하여 죽령 꼭대기의 휴게소까지 7.5㎞를 달려 올라가 휴게소에서 물 한 모금 마시고 나서 다시 죽령 충북 제천 방향으로 달려 내려간다.

휴게소에서 제천 쪽 오일뱅크주유소까지 내리막길은 10.3㎞나 된다.

죽령을 넘었다고 해서 끝이 아니다. 숙소가 풍기에 있으니까 죽으나 사나 다시 넘어와야지만 점심밥을 먹을 수가 있다.

죽령을 제천까지 넘어갔다가 돌아오면 도합 35.6㎞다. 거리는 풀코스보다 몇 ㎞ 짧지만 언덕훈련이라서 열 배 이상 힘들다.

오전과 오후에 두 번 제천까지 넘어갔다가 오면 다들 기어서 숙소에 들어와 그대로 쓰러져서 기절하다시피 잠에 곯아떨어지기 일쑤다.

심윤복 감독은 전생에 저승사자였던 게 분명하다.

저승사자가 아니고서야 어떻게 살아 있는 사람에게 두 발로 뛰어서 대한민국 국토종주를 시키겠는가.

인천 아라뱃길 자전거도로에서 시작된 국토종주는 서울 한강을 지나서 남한강을 따라서 충주탄금대를 지나고, 이화령 고개를 넘어 낙동강으로 들어선다.

그렇게 해서 태수와 마라톤팀은 낙동강 하구 을숙도까지 총 거리 633㎞를 5일에 주파했다.

심윤복 감독과 윤미소는 자전거를 타고 앞서거나 뒤따랐으며, 닥터 나순덕과 서포트들은 차로 이동했다.

윤미소는 633㎞를 자전거로 종주하고 나서는 엉덩이와 사타구니가 아파서 제대로 걷지도 못하고 어기적거렸다.

많이 뛴 날도 있었으며 짧게 뛴 날도 있었지만 하루 평균 126.6㎞를 뛰었다.

지옥 훈련은 그렇게 점점 강도를 더해갔다.

제10장
대한민국 만세

태수는 잠을 설쳤다. 태어나서 최초로 해외여행을 하기 때문에 조금 긴장을 한 모양이다.

잠이 덜 깬 새벽 5시쯤 부스스 일어나 비몽사몽 비틀거리면서 화장실에 갔다.

척—

화장실 문을 열고 불을 켠 순간 태수는 변기에 앉아 있는 섬뜩한 귀신을 정면으로 발견하고 식겁해서 그 자리에 굳어버렸다.

"허억!"

풀어헤쳐진 시커먼 머리카락이 얼굴을 절반쯤 덮고 있으며, 퀭한 얼굴에 움푹 들어간 해쓱한 모습을 한 여자 귀신이 몽롱한 눈으로 태수를 바라보며 중얼거렸다.

"끄응… 변비야……."

털썩—

간이 콩알 만 해졌던 태수는 그 자리에 엉덩방아를 찧으며 주저앉았다.

변기에 앉아 있는 여자 귀신은 브래지어만 걸치고 팬티를 발목까지 내린 상태에서 허연 궁둥이를 깐 채 신체 어느 부위에 잔뜩 힘을 주느라 얼굴이 빨개진 민낯의 윤미소였다.

갑자기 윤미소의 눈이 휘둥그렇게 커졌다.

"꺄악! 뭘 보고 있는 거야?"

뒤늦게 정신을 차린 윤미소는 급히 상체를 숙여 아랫도리를 가리면서 비명을 지르며 쾅! 화장실 문을 닫았다.

*　　　　*　　　　*

태수를 비롯한 타라스포츠 마라톤팀은 6월 28일 호주 퀸즐랜드에 입성했다. 호주에서 가장 크고 세계적으로도 제법 유명한 골드코스트마라톤대회에 참가하기 위해서다.

대회일보다 이틀 먼저 도착한 태수와 타라스포츠 마라톤팀은 제일 먼저 골드코스트마라톤 풀코스를 차로 두 차례 왕복하면서 자세히 답사했다.

이어서 세계3대해변 중 하나이며 서퍼들의 파라다이스라는 골드코스트 서퍼스 파라다이스 해변에서 28일, 29일 이틀 동안 쉴 틈도 없이 CF 촬영과 화보 촬영을 했다.

촬영은 90%가 태수 위주로 진행되었다.

태수는 원래부터 몸이 마른 듯하면서도 단단했고 하체가 꽤 긴 편이었다.

그런데 민영의 조언으로 몇 달 전부터 헬스클럽에 다니면서 근력운동을 했었기 때문에 이때쯤에는 정말 보기 좋은 몸을 갖게 되었다.

몸에는 딱 필요한 근육만 발달됐다. 그리고 곧게 쭉 뻗은 다리에는 달리기에 적합한 근육이 보기 좋게 생겼다.

더구나 태수는 용모마저 준수한 편이라서 CF의 소재가 꼭 마라톤에 대한 게 아니더라도 타라스포츠가 요구하는 그 어떤 조건의 촬영에도 전천후 모델의 역할을 200% 발휘했다.

타라스포츠에서 나오는 어떤 옷이나 장비를 착용해도 태수에겐 근사하게 어울렸다.

이틀 동안 태수를 비롯한 타라스포츠 마라톤팀은 국내에서 함께 온 여자 탤런트, 여자 모델들과 함께 셀 수도 없이 많은 촬영을 끝냈다.

호텔 객실에 심윤복 감독과 태수를 비롯한 타라스포츠 마라톤팀, 그리고 윤미소, 나순덕이 소파에 앉아 있다.

"호주 골드코스트 마라톤대회는 여태까지 일본 선수들의 독무대였었다."

심윤복 감독이 진지한 얼굴로 모두에게 설명했다.

"이 대회는 IAAF(국제육상연맹)로부터 몇 년 전에야 겨우 브론즈라벨을 획득했을 정도로 그다지 유명하지 않았던 대회였었다."

"그런데 어째서 일본 선수들이 활개를 치고 있는 거죠?"

윤미소는 나름대로 골드코스트마라톤대회에 대해서 조사를 했지만 거기까지는 알아내지 못했다.

심윤복 감독은 그동안의 강훈련으로 얼굴이 건강하게 구릿빛으로 그을린 선수들을 둘러보면서 설명했다.

"일본은 선수층이 엄청나게 두텁다. 우리나라하고는 비교 자체가 안 될 정도로 많아. 그래서 전 세계에서 벌어지는 각종 마라톤대회에 일본의 엘리트 선수들은 물론이고 아마추어들도 한 번에 수백 명씩 참가하고 있다."

심윤복 감독의 설명은 이렇다.

전 세계에서 벌어지는 골드라벨 메이저급 마라톤대회는 물론이고 그 아래 등급인 실버라벨 마라톤대회까지 케냐와 에티오피아 선수들이 세계기록과 우승, 선두권을 모조리 휩쓸고 있는 추세다.

현재 육상의 중, 장거리는 모조리 케냐와 에티오피아 선수들에 의해서 새로운 기록이 경신되고 있다고 봐도 과언이 아닐 정도로 그들의 독무대다.

일본 엘리트 선수들은 골드라벨과 실버라벨 마라톤대회에 대거 참가하고 있지만, 케냐와 에티오피아 선수들에 가려서 두각을 나타내지 못하고 있는 실정이다.

그래서 일본 엘리트 선수나 아마추어들이 한층 관심을 갖게 된 것이 브론즈라벨대회나 그보다 아래 등급인 IAAF의 인정을 받지는 못했지만 세계적으로 유명한 대회들이다.

그런 대회에 이따금 케냐와 에티오피아 선수들도 참가하고 있지만 대부분 삼류라서 일본 선수들로서는 해볼 만하다.

그리고 실제로 브론즈라벨이나 그 아래 라벨의 대회들은 거의 일본 선수들이 장악을 했다고 보면 된다.

일본 마라톤은 아시아 최강이다. 만약 케냐와 에티오피아가 아니었다면 아마도 일본 마라톤이 세계 마라톤을 쥐락펴락했을 것이다.

"현재 일본은 옛날의 영광을 되찾기 위해서 절치부심하고 있다. 케냐와 에티오피아가 등장하기 전까지만 해도 세계선수권대회나 올림픽마라톤에서 일본 선수들이 심심치 않게 우승을 하거나 세계기록을 내기도 했었지."

심윤복 감독의 말에 윤미소가 덧붙였다.

"일본 국민이 마라톤을 얼마나 좋아하는지 단적으로 증명할 수 있는 비교가 있어요."

윤미소는 자기가 열심히 찾아본 자료를 빨간 입술을 오물거리면서 설명했다.

"대한민국을 대표하는 마라톤은 골드라벨인 조선일보 춘천마라톤이고 일본을 대표하는 마라톤은 역시 골드라벨인 도쿄마라톤이에요."

그녀는 손가락 두 개를 세우고는 하나씩 접었다.

"춘천마라톤은 참가비가 4만 원이고 기념품으로 마라톤 용품을 좋은 걸로 주면서 참가인원 2만 명을 모집하는데 대여섯 달이나 걸려요. 그런데 도쿄마라톤은 참가비가 무려 1만 2천 엔, 우리 돈으로 약 12만 원이고 기념품을 주지 않는데도 3, 4일이면 참가인원 3만 5천 명의 10배가 넘는 인원이 접수를 해서 결국 추첨을 한다더라고요."

태수는 처음 알게 된 사실에 적잖이 놀라서 심윤복 감독에게 물었다.

"정말입니까?"

심윤복 감독은 씁쓸한 표정으로 아무 말도 하지 않고 윤미소가 열 받은 얼굴로 주먹을 흔들었다.

"자료를 찾아보니까 도쿄마라톤은 풀코스 3만 6천 명 도전에 3만 5천 명 정도가 완주를 하는 반면에 춘천마라톤은 1만 8천 명 도전에 1만 명 정도가 완주를 한다고 나왔더군요. 중도에 포기하는 사람이 그만큼 많다는 거죠."

"그만해라."

국내의 열악한 마라톤 실정에 심기가 불편해진 심윤복 감독이 제동을 거는 데도 한 번 열 받은 윤미소는 멈추려고 들지 않았다.

"가만히 계셔봐요. 그뿐인 줄 알아요? 우리나라 춘천마라톤이나 서울 동아일보국제마라톤을 개최하는 날엔 시민들의 반응이 시큰둥해요. 오히려 교통 통제했다고 민원만 무지하게 쏟아진대요. 그런데 도쿄는 2월 달 영하의 날씨에 비나 눈이 쏟아져도 수많은 시민이 우산을 쓰고 나와서 열띤 응원을 벌인다고 해요. 그것만 봐도 양국의 마라톤 열기를 알 수 있지 않겠어요?"

윤미소가 또 말하려는 걸 심윤복 감독이 때리려는 듯 손을 쳐들었다.

"또 있어요. 일본은 국가 차원에서……."

"그만하랬지!"

"악!"

윤미소가 찔끔해서 태수 쪽으로 바짝 붙는 걸 보면서 심윤복 감독이 마지막 정리를 했다.

"어쨌든 내일 대회에서 반드시 일본을 잡자."

심윤복 감독은 단호한 얼굴로 태수를 쳐다보았다.

"태수 넌 반드시 이마이 마사토를 잡아라."

"알겠습니다."

태수는 이미 심윤복 감독에게 이마이 마사토에 대해서 충분히 설명을 들었다.

"그리고 주열이 넌 가와우치 유키를 잡는 거다."

"최선을 다하겠습니다."

심윤복 감독은 정목환과 우정호, 김경진에게도 당부했다.

"그리고 너희들은 절대로 일본 선수들에게 뒤지지 마라."

심윤복 감독은 두 손을 맞잡고 스스로에게 주문을 걸듯이 말했다.

"현재 일본 1위인 이마이 마사토만 잡으면 일본 저격은 90% 성공한 거다."

일본 엘리트 선수 이마이 마사토는 배번호 3번이다.

이마이 마사토는 한마디로 현재 일본에서 제일 잘 뛰는 엘리트 선수다.

그는 올해 2월 도쿄마라톤에서 일본 선수 중에서 1위, 전체 7위를 하면서 2시간 7분 39초의 기록을 세웠다.

이봉주의 2시간 7분 20초보다 19초 느리다.

그로 인해 일본은 3년 만에 2시간 7분대 선수가 배출되었다고 한창 고무된 분위기이며, 일본육상경기연맹은 2016년까지 2시간 6분대 선수를 배출하겠다는 장기 계획을 추진하고 있는 중이다.

아시아 신기록은 2002년에 일본의 다카오카 도시나리가 시카고마라톤에서 2시간 6분 16초를 세웠으며, 이후 지금까지도 깨지지 않고 있다.

그러니까 태수가 오늘 이마이 마사토를 이긴다면 일본을 이기는 것이고, 그로 인해 일본 마라톤계에 찬물을 끼얹는 격이 될 터이다.

심윤복 감독은 일본에게 개인적인 원한 같은 게 있어서 무조건 일본을 이기자는 게 아니다.

일본을 이김으로써 대한민국에 마라톤붐을 일으키고, 더 나아가서는 육상종목에 대해서 안일하기 짝이 없는 정부나 대한체육회에 경종을 울려주자는 것이다.

심윤복 감독의 말에 의하면 올해 도쿄마라톤에서 2시간 6분 33초와 2시간 6분 34초, 1초 차이로 2위와 3위를 한 케냐의 스텐폰 키프로디치와 딕손 춤바가 이번 대회에 참가했다고 한다.

스텐폰과 딕손은 케냐 선수 중에서 2류라고 할 수 있다.

하지만 심윤복 감독은 케냐 선수들은 신경도 쓰지 말고 오로지 일본 선수만 잡으라고 했다.

심윤복 감독은 태수가 이마이 마사토의 저격수가 돼야 한다는 것이다.

태수 배번호는 233번이다. 손주열 배번호가 15번인 것에 비하면 태수 배번호는 한참 뒤다.

태수는 하프마라톤 세계 신기록 보유자이지만 풀코스에서는 적용이 되지 않기 때문이다.

엘리트 선수들이 출발선 앞에 백여 명쯤 모여 있고 그 뒤로 아마추어, 마스터즈 3만여 명이 구름처럼 모여서 출발총성을 기다리고 있다.

엘리트 선수들 모두의 얼굴에 긴장과 각오의 기색이 역력히 떠올라 있다.

제일 앞줄은 배번호 1번부터 20번까지 선수들이 일렬로 늘어서 있고, 그다음 번호가 뒷줄 식이다.

그래서 태수는 열 몇 번째 줄에 서 있다. 그렇다고 해도 앞줄하고 10m 남짓 거리니까 별것 아니다.

태수는 몹시 긴장한 상태다. 그는 이렇게 큰 세계대회는 생전 처음이라서 긴장할 수밖에 없다.

"태수야!"

앞쪽에서 손주열 목소리가 들렸다.

태수가 쳐다보니까 손주열이 엘리트 선수들 사이로 뒤돌아보면서 주먹을 불끈 쥐어 보였다.

태수도 마주 주먹을 쥐어 보이는데 갑자기 뒤쪽에서 웅성거리는 소리가 들렸다.

웅성거림 속에 '한태수'라느니 '윈드 마스터'어쩌고 하는 말소리가 섞여 있었다.

그러더니 곧 뒤쪽에서 한국말로 여러 사람의 고함 소리가 터져 나왔다.

"한태수 파이팅!"

"윈드 마스터 파이팅!"

골드코스트마라톤대회에 참가한 한국 마스터즈들이다. 함성을 들으니까 수십 명은 되는 것 같았다.

태수는 먼 이국땅에서 대회에 앞서 같은 동포의 응원을 받으니까 괜스레 가슴이 울컥했다.

그때 앞쪽 연단에서 카운트를 시작했다.

"Five! Four! Three! Two!"

태수는 침을 꿀꺽 삼켰다.

땅!

출발 총성이 울리자마자 출발선의 선수들이 파도처럼 쏟아져 나갔다.

태수는 엘리트 선수들에 휩쓸려서 정신없이 뛰어나갔다.

태수는 이번 대회에서는 나름대로 철저하게 계산을 해서 뛰어보기로 마음먹었다.

이렇게 큰 대회는 처음이고, 잘 뛰는 사람들의 흐름에 맞추다가는 자신의 페이스를 잃을 것이 염려되었다.

이마이 마사토의 도쿄마라톤 기록이 2시간 7분대이니까 태수도 일단 2시간 7분에 맞춰서 달릴 생각이다.

그러려면 ㎞당 3분 1초 페이스다. 1~2초 정도는 플러스 마이너스가 있다. 그러니까 그냥 3분 페이스에 맞추면 된다. 그러다 보면 3분 2초도 되고 2분 59초도 되게 마련이다.

그러다가 마지막 2~3㎞ 남겨두고 스퍼트해서 이마이 마사토를 추월한다는 나름 단순하면서도 힘겨운 계획이다.

골드코스트마라톤대회는 바다를 측면에 두고 서퍼스파라다이스로드를 달리는 것이다.

현재 기온은 20도. 호주의 7월은 겨울이지만 춥지 않다. 풀코스를 뛰기에는 적당한 기온이다.

착착착착착―

여럿이 달리는 소리가 군대의 구보 뛰는 소리 같았다.

3㎞ 즈음에서 선두그룹이 형성되었다.

보통 이런 식의 선두그룹은 최소 20㎞에서 최장 35㎞까지 이어지게 되어 있다.

　선두그룹의 앞쪽은 2명인데 예상대로 케냐의 스텐픈 키프 로디치와 딕손 춤바다.

　도쿄마라톤에서 2시간 6분 33초와 2시간 6분 34초 1초 차이로 2위와 3위를 한 케냐 선수들이다.

　그 뒤에 바짝 붙어서 이마이 마사토와 가와우치 유키가 따르고 있다.

　또 다른 2명의 일본 선수와 유럽 혹은 북미 쪽 서양 선수 3명.

　그리고 태수와 손주열 이렇게 11명이 길쭉한 타원형으로 선두그룹을 이루어 달리고 있다.

　손주열이 잡아야 하는 가와우치 유키는 일본 국민의 사랑을 한 몸에 받고 있는 시민 러너다.

　그는 일본 사이타마현의 공무원 신분으로 일본국내마라톤은 물론이고, 세계적인 마라톤대회에서 다수 우승이나 입상을 한 개인 최고기록 2시간 8분대의 영웅적인 시민 러너다.

　현존하는 일본 엘리트 선수 최고기록 보유자인 이마이 마사토와 시민 러너 가와우치 유키를 각각 태수와 손주열이 잡는다는 게 심윤복 감독의 작전이다.

탁탁탁탁—

7㎞ 지점. 갑자기 선두그룹 내에서 치열한 경쟁이 붙었다.

2명의 케냐 선수가 속도를 높여서 앞으로 치고 나가니까 이마이 마사토가 뒤따랐고, 가와우치 유키도 질세라 그림자처럼 뒤따라 달려 나갔다.

그걸 보면 이마이 마사토와 가와우치 유키는 이 대회에서 우승을 노리고 있는 게 분명하다.

그리고 선두그룹에서 한 번 뒤로 처지면 회복할 수 없다고 생각하는 것 같다.

상대가 케냐 선수일 경우 뒤로 처졌다가 다시 그들을 추월한다는 것은 불가능하다고 봐야 한다.

손주열은 전방으로 치고 나가는 4명의 선수를 보다가 고개를 돌려 왼쪽에서 나란히 달리고 있는 태수를 힐끗 쳐다보았다.

말은 하지 않지만 '태수야, 어떻게 할래?'라고 묻는 것이다.

물어보나 마나 태수는 처음에 계획한 대로 밀고 나갈 생각이다.

이 정도에 흔들릴 거라면 애당초 계획을 세우지도 않았을 것이다.

더구나 태수가 봤을 때 2명의 케냐 선수와 이마이 마사토, 가와우치 유키는 오버페이스를 하기 시작했다.

현재 태수가 달리고 있는 km당 3분 페이스가 저들 4명의 페이스, 즉 2시간 6~7분 페이스인데 그보다 빠르다면 오버페이스가 분명하다.

태수는 매 1km마다 체크를 하면서 줄곧 3분으로 달리고 있는 중이다.

치고 나가는 케냐 선수들과 일본 선수들 속도로 봤을 때 최소한 km당 2분 53초~55초 수준이다.

2분 53초 이븐 페이스로 달리면 풀코스 2시간 2분대, 2분 55초면 2시간 3분대로 골인하게 된다.

그렇지만 심윤복 감독의 조사에 의하면 저들 4명은 절대로 2시간 2분 혹은 2시간 3분대 선수들이 아니다.

그러니까 저건 무조건 오버페이스라는 게 태수의 판단이다.

만약 태수와 손주열이 저 4명과 같은 페이스로 따라가다가는 맹세코 쓰라린 오버페이스를 경험하게 될 것이고 그래서 시합을 망치게 될 것이다.

태수가 대답을 망설이고 있을 때 2명의 일본 선수와 3명의 서양 선수들도 피치를 올려 태수와 손주열을 추월하여 선두를 뒤쫓기 시작했다.

탁탁탁탁—

조금 전까지 선두그룹이었던 사람 중에서 남은 사람은 태수와 손주열뿐이다.

손주열은 조금 불안한 표정이지만 태수 옆에 나란히 달리면서 그의 대답을 기다렸다.

구태여 뒤돌아보고 확인하지 않더라도 같은 타라스포츠의 정목환과 우정호, 김경진은 뒤쪽 2위 그룹에 속해 있을 것이다.

타라스포츠 마라톤팀은 지난 달 여러 종류의 강훈을 끝내고 나서 최종 점검을 했었다.

거기에서 태수는 풀코스 2시간 8분이 나왔었고, 손주열은 2시간 14분, 나머지 3명은 2시간 17분에서 20분까지의 기록이 나왔었다.

모두들 강훈을 하기 전에 비하면 비약적인 발전을 한 기록이다.

태수 한 사람만 놓고 봤을 때, 첫 풀코스 도전에서 2시간 13분이었는데 8분대로 진입했으니까 무려 5분이나 단축한 것이다.

기록만으로는 2시간 8분대인 태수가 2시간 7분대인 이마이 마사토를 잡을 가능성이 어느 정도는 있다.

그러나 2시간 14분대인 손주열이 2시간 8분대인 가와우치 유키를 잡는다는 것은 매우 어렵다.

그렇다고 하더라도 심윤복 감독은 두 가지 변수에 승부를 걸고 있다.

이마이 마사토의 최고기록은 2시간 7분대이고, 가와우치 유키는 2시간 8분대다. 즉 그들이 최고의 컨디션이었을 때 세운 기록이다.

마라톤 선수가, 아니, 운동을 하는 모든 선수가 항상 최고의 컨디션을 유지하고 있을 수는 없다.

대부분의 경기에서 선수들은 자신의 최고기록에 미치지 못하는 결과를 내게 마련이다.

그러니까 이마이 마사토와 가와우치 유키는 이번 대회에서 최고기록을 내지 못할 확률이 크다.

이것이 심윤복 감독이 기대하고 있는 첫 번째 변수다.

그리고 두 번째 변수는 타라스포츠의 몬스터 한태수에게 걸고 있는 기대다.

언제 어떻게 무슨 일을 벌일지 모르는 미증유의 능력을 지닌 한태수이기 때문이다.

태수는 자신의 계획을 밀고 나갈 생각이지만 손주열에겐 그 나름의 계획이 있을 테니까 태수의 생각을 강요할 수는 없는 일이다.

하지만 저들 4명을 따라가면 무조건 오버페이스다. 그건 불을 보듯이 뻔한 일이다.

그걸 알면서도 손주열더러 따라가라고 하든가 그가 따라가는 것을 뻔히 보고 있을 수는 없다. 손주열은 동료이고 친구가 아닌가.

더구나 태수는 손주열의 페이스를 손바닥의 손금 보듯이 훤하게 알고 있다.

"헉헉헉… 그냥 나랑 같이 가자."

손주열은 5초 이상 기다린 끝에 태수의 입에서 대답을 듣고 안심하는 미소를 지었다.

그건 우정과 믿음의 미소다.

이번에는 태수가 손주열의 페이스메이커가 돼주었다.

지금 태수는 km당 3분 페이스로 달리고 있어서 손주열의 기록인 2시간 14분인 km당 3분 11초보다 무려 11초나 빠른 페이스다.

그런데도 손주열은 크게 지친 기색 없이 태수 옆에서 잘 달리고 있다.

태수는 이대로 가면 2시간 7분대다. 그런데도 2시간 14분대인 손주열이 꾸준히 잘 따라오는 것은 아마도 친구와 나란히 달리는 것이 편안하고 안심이 되기 때문일 것이다.

그것이 바로 페이스메이커, 즉 페메와 나란히 달리는 장점이다.

더구나 페메가 절친한 친구일 경우는 플러스알파 상승효과가 발생한다.

태수와 손주열은 15㎞ 지점에서 서양 선수 3명을 차례로 추월했다.

서양 선수 3명은 오버페이스를 한 대가로 그즈음에는 ㎞당 3분 10초 이하로 느려졌으며, 몹시 힘든지 얼굴이 일그러져 있었다.

이곳 서퍼스 파라다이스로드는 줄곧 직선주로라서 앞선 선수들이 잘 보였다.

태수와 손주열 전방 300m쯤에 2명의 일본 선수가 달리는 뒷모습이, 그리고 그 너머 600m쯤에 케냐 선수 2명과 일본 선수 2명이 한 무리를 지어서 달리는 모습이 아스라이 보였다.

만약 선두그룹인 케냐 선수와 일본 선수가 오버페이스를 한 것이 아니라면, 그리고 만약 오버페이스를 했더라도 끝까지 버텨낸다면 태수는 절대로 그들을 따라잡을 수가 없을 것이다.

마라톤에서, 특히 이븐 페이스로 달리고 있는 경우에 600m는 엄청나게 먼 거리다. 이변이 없는 한 도저히 추월할 수 없는 거리이기도 하다.

태수는 잠시 갈등했다. 거리가 지금보다 더 벌어진다면, 설혹 이마이 마사토가 오버페이스를 했다고 하더라도 따라잡기 어려워진다. 아니, 불가능할지도 모른다.

그러니까 언제든지 추월할 수 있는 거리로 좁혀두는 게 좋지 않을까 하고 생각했다.

태수는 변함없이 km당 3분 페이스다.

그리고 선두그룹의 속도로 봤을 때 km당 2분 55초 페이스가 분명하다.

2명의 케냐 선수와 2명의 일본 선수가 저대로 계속 질주한다면 2시간 3분, 늦어도 2시간 4분대로 골인한다.

현재 전 세계를 통틀어서 풀코스를 2시간 3분대로 달릴 수 있는 사람은 다섯 손가락 안에 꼽힐 정도다.

하지만 저들 선두그룹 4명은 다섯 손가락 안에 꼽히는 특급 선수들이 아니다.

'그냥 간다.'

마침내 태수는 갈등을 끝냈다.

선두그룹 4명이 오버페이스를 하고 있는 게 분명하고, 그렇기 때문에 저대로 가면 30km 혹은 길어야 35km가 한계일 것이라고 확신했다.

그때까지 태수와 선두그룹의 거리가 1km 안쪽이라면 충분히 추월할 수 있다고 판단했다.

"헉헉헉헉… 주열아."

지치기 시작했는지 태수의 부름에 손주열이 대답하지 않고 쳐다보기만 했다.

태수는 나란히 달리면서 자기의 계획을 손주열에게 간단하게 설명했다.

이런 상황에서 말을 많이 하는 것은 체력 낭비지만 태수의 뜻을 전하려면 어쩔 수가 없다.

"헉헉헉… 가와우치가 제일 먼저 떨어질 거다."

"헉헉헉헉… 그놈은 내가 잡는다."

"헉헉헉헉… 오케이! 이마이는 나한테 맡겨라."

태수와 손주열은 온몸이 땀으로 범벅이 돼서 서로를 보며 벙긋 웃었다.

24㎞ 지점에서 2명의 일본 선수가 태수와 손주열 뒤로 빠르게 처졌다.

그리고 25㎞ 급수대에서 태수는 뜻밖에 민영을 발견했다.

"오빠!"

달려오는 태수를 발견한 민영은 마치 남북한 이산가족을 상봉하는 사람 같은 표정을 지으면서 태수를 보며 오빠! 오빠! 를 연발했다.

공항에 도착해서 옷을 갈아입을 시간도 없었는지, 민영은 여행 차림 그대로 선글라스를 머리 위에 얹은 눈에 확 띄는 글래머러스하고 아름다운 모습이다.

타라스포츠 급수대는 15번이다. 5명 중에서 손주열의 배번호가 가장 앞선 15번이기 때문이다.

풀코스를 달리는 사람은 1리터 이상, 심할 경우 2리터의 땀을 흘린다.

그렇기 때문에 제때 물이나 스포츠 음료를 공급해 주지 않으면 심각한 탈수증상에 빠져서 기절하거나 심하면 죽을 수도 있다.

급수대에 심윤복 감독과 윤미소, 닥터 나순덕도 있었지만 민영이 앞으로 나와서 직접 태수에게 생수병을 건넸다.

탁—

"오빠! 피니시에서 기다릴게!"

태수는 아주 잠깐 힐끗 본 민영이 울고 있는 것 같은 느낌을 받았다.

하지만 착각일 것이다. 저 당차고 씩씩한 민영이 눈물을 보일 리가 없다. 게다가 지금은 울 상황이 아니다.

"태수야! 잘하고 있다! 계속 그렇게 가라!"

달려가는 태수 뒤쪽에서 심윤복 감독의 외침이 들렸다.

아마도 심윤복 감독은 태수의 계획을 짐작하고 있는 것 같다. 물론 태수는 자신의 계획을 심윤복 감독에게 말하지 않았었다. 이심전심이다.

태수는 달리면서 벌컥벌컥 차디찬 생수를 들이켜고 머리에 물을 뿌린 후에 생수병을 손주열에게 건넸다.

"으헉헉… 태수야… 더 이상 안 되겠다… 헉헉헉……."

27㎞ 지점에서 손주열이 SOS를 보냈다.

태수는 몇 걸음쯤 뒤로 처지는 손주열을 돌아보다가 전방을 쳐다보았다.

선두그룹은 너무 멀어서 가물가물 잘 보이지도 않았다. 적어도 800m 이상은 되는 것 같았다.

태수는 지금처럼 3분 페이스로 계속 가면 2시간 7분대에 골인하게 된다.

선두와의 800m 거리를 아무리 빨리 달려도 2분이 걸린다.

그렇다면 저들 선두그룹은 최소한 2시간 5분대 이상의 성적을 거둔다는 뜻이다.

태수가 시계를 보니까 1시간 22분이 지났다. 1분 오버했지만 그래도 매 ㎞당 3분 페이스로 잘 왔다는 뜻이다.

이대로만 가도 2시간 7분대에 골인할 수 있다. 하지만 그래서는 이마이 마사토를 잡지 못할 것이다.

선두그룹 4명 중에서 기복이 심한 가와우치가 제일 먼저 뒤처질 줄 알았는데 27㎞까지 잘 따라가고 있다니 전혀 예상 밖이다.

탁탁탁탁…….

"헉헉헉헉……."

손주열이 점점 뒤로 처지기 시작했다.

그때 태수의 눈이 빛났다. 아스라이 먼 선두그룹 중에서 누군가 한 명이 뒤처지기 시작하는 것이 보였다.

그게 누군지 잘 보이지 않지만 검은 피부, 즉 케냐 선수는 아니다.

그렇다면 확률적으로 가와우치 유키일 가능성이 높다.

태수는 슬쩍 속도를 늦춰서 손주열과 함께 나란히 달렸다.

"헉헉헉헉… 주열아, 가와우치 떨어졌다."

"으헉헉… 저… 정말이냐?"

"헉헉헉… 그래… 가와우치 잡을 때까지 내가 페메 해주겠다. 가자."

"으헉헉헉… 아… 안 돼… 태수야……."

태수가 페메를 해주면 손주열로서는 좋기야 하지만 그러면 태수가 이마이 마사토를 잡는 게 그만큼 더 어려워진다.

그걸 모를 리 없는 태수다. 그렇지만 지금 손주열을 이대로 내버려 두고 가면 가와우치를 잡는 건 고사하고 제 기록 세우는 데도 급급할 것이다.

그리고 또 하나, 태수는 가와우치 다음으로 이마이 마사토가 선두그룹에서 떨어져 나올 거라고 확신했다.

이마이 마사토는 30㎞부터 35㎞ 사이에서 반드시 처진다.

이마이 마사토는 올해 만 31세다. 창창한 나이지만 태수보다는 7살이나 많다.

태수는 ㎞당 3분 5초 페이스로 5초 늦추었다.

3분 10초 페이스로 처졌던 손주열은 이를 악물고 태수와 보조를 맞추었다.

태수가 슬쩍 쳐다보니까 손주열은 자꾸 옆구리를 만지고 있다. 숨이 너무 차서 횡격막이 아픈 게 분명하다.

"헉헉헉헉… 주열아."

태수의 부름에 손주열이 쳐다봤다.

"헉헉헉헉… 음파하자."

"……."

"헉헉헉헉… 수영강습 음파말야… 길게 음파하자……."

"아……."

손주열의 눈이 커졌다. 알아들었다는 거다.

마라톤에서 호흡보다 중요한 것은 없다. 선수들은 대부분 두 걸음 호흡 후우후우! 하아하아! 이거나 세 걸음 호흡 후우후우후우! 하아하아하아! 를 한다.

이븐 페이스 때는 세 걸음 호흡이고, 치고 나갈 때나 지쳤을 때는 두 걸음 호흡을 하는 게 상식이다.

'음파'라는 것은 수영강습에서 제일 먼저 배우는 호흡법이다.

물속에 얼굴을 잠그고 음… 하면서 코로 숨을 내뱉고, 다음에는 얼굴을 옆으로 돌려서 코와 입을 수면 위로 내밀어 파아! 하고 숨을 크게 들이쉬는 호흡법이다.

지금 태수가 손주열에게 말한 것은 수영할 때처럼 '음파'를 하자는 게 아니라, 후우우우··· 하고 길게 내쉬면서 몸속의 노폐물을 모조리 다 뱉어낸 다음에 파아아아··· 하면서 아주 길게 허파가 터지도록 숨을 들이쉬라는 것이다.

태수는 그렇게 하면 거짓말처럼 호흡이 진정되는 것을 느꼈었는데 그것을 손주열에게 가르치고 있다.

탁탁탁탁······.

"후우우우··· 파아아아······."

두 사람은 길게 음파를 하면서 나란히 달렸다.

음파호흡법 덕분에 손주열뿐만 아니라 태수도 호흡이 많이 안정됐다.

탁탁탁탁······.

"후우우··· 후우우······."

그리고 두 사람은 오래지 않아 30㎞ 지점에서 가와우치 유키를 추월했다.

태수가 봤을 때 가와우치 유키의 속도는 ㎞당 3분 10초대로 떨어져 있었다.

"하아악! 하아악!"

게다가 입을 크게 벌리고 거친 숨을 몰아쉬며 눈을 질끈 감고 두 팔을 허우적거리면서 달리는 모습이 고통 그 자체인 것처럼 보였다.

가와우치는 케냐 선수들을 따라간다고 오버페이스를 한 대가를 처절하게 치르고 있다.

추월할 때 가와우치가 태수와 손주열을 쳐다보는데 그 얼굴에 고통과 안타까움이 가득했다.

치밀하기 짝이 없는 일본 선수들이 골드코스트마라톤대회에 참가하는 태수와 손주열 등에 대해서 모르고 있었을 리가 없다.

아마도 일본 선수들은 태수의 첫 번째 풀코스 기록이 2시간 13분이고, 손주열은 그보다 못한 2시간 17분대라는 사실을 알고 전혀 라이벌로 여기지 않았을 것이다.

가와우치를 추월한 손주열 얼굴에 통쾌한 표정이 떠오른 것을 태수는 보았다.

태수라고 해도 이런 상황에서는 같은 기분일 것이다. 이 맛에 마라톤을 한다고 해도 지나친 말이 아니다. 이런 것마저도 없으면 무슨 낙으로 죽자 사자 달리겠는가.

태수는 가와우치를 몇 백 미터 앞서가서 손주열을 놔두고 자기 페이스로 달려야겠다고 생각했다.

그런데 가와우치를 500m 쯤 앞섰을 때 태수가 3분 페이스로 회복했는데도 손주열이 떨어지지 않고 옆에서 나란히 달리고 있다.

태수가 쳐다보니까 손주열은 땀범벅이 되고 고통으로 일그러진 얼굴에 미소를 지었다.

"헉헉헉헉… 조금 더 가자."

결국 태수는 가와우치를 1㎞ 이상 앞선 곳에 손주열을 놔두고 앞으로 달려 나갔다.

"태수야! 이마이 잡아라!"

뒤에서 손주열이 악을 썼다.

태수는 조금씩 속도를 올렸다.

'맡겨둬라.'

현재 33㎞인데도 이마이 마사토가 선두그룹에서 여전히 떨어지지 않고 있다.

그런 식으로 35㎞ 이상 넘어가면 그때 이마이가 속도를 늦춘다고 해도 태수로선 따라잡기 어려워진다.

'시험해 볼까?'

태수는 강훈련으로 자기가 터보를 장착했는지 아닌지 이쯤에서 모험을 해보기로 마음먹었다.

원래 태수는 40㎞쯤에서 스퍼트를 해서 ㎞당 2분 30분 페이스로 질주할 계획이었다.

그런데 손주열의 페메를 해주느라 2분 정도 손해를 본 것 같다.

그걸 벌자면, 그리고 이마이 마사토를 압박하자면 지금 속도를 높이는 게 좋을 것 같다.

탁탁탁탁—

"하악! 학학학학……."

태수가 터보를 단 건 분명하다. 그런데 트윈터보는 아니다. 그냥 외로운 단발터보다.

그리고 결정적으로 태수와 이마이 마사토하고의 거리가 너무 멀었다.

태수가 이마이 마사토의 꼬리에 따라붙은 건 어이없게도 41km 지점이었다.

선두그룹인 2명의 케냐 선수도, 이마이 마사토도, 그리고 꼬랑지에 간신히 따라붙은 태수도 모두 극도로 지쳐서 속도가 3분 10초대로 떨어져 있었다.

케냐 선수들과 이마이 마사토가 번갈아가면서 5m까지 따라붙은 태수를 뒤돌아보았다.

그들의 얼굴에 놀라움과 불신, 분노의 표정이 뒤범벅된 걸 보고 태수는 묘한 쾌감을 느꼈다.

그러나 쾌감이 속도를 더 높여주지는 못했다.

탁탁탁탁탁…….

"학학학학학!"

태수는 다리는 아프지 않은데 숨이 턱에 차서 허파가 목구멍 밖으로 튀어나올 것만 같다.

태수가 발악을 하는 것처럼 이마이 마사토와 2명의 케냐 선수도 발악을 하는 것 같았다.

마지막 1km에서 승부가 난다. 케냐 선수들은 못 잡아도 이마이 마사토는 기필코 잡고 싶다.

"와아아아—!"

그때 도로변에서 갑자기 함성이 터졌다.

태수가 쳐다보니까 수십 명의 사람이 머리에 붉은 일장기를 질끈 묶고, 손에는 커다란 일장기와 일본이 군국주의 시절에 사용했던 히노마루 깃발을 흔들면서 커다란 북을 둥둥둥! 치며 응원을 하고 있는 광경이 보였다.

일본인들이다. 그들이 악을 쓰면서 지네들 국가 기미가요를 고래고래 부르면서 강바레! 강바레! 를 외치고 있다.

그걸 보고 또 들으면서 태수의 목에 핏대가 확 섰다.

'쪽바리 새끼들이…….'

어째서인지 평소에는 별로 관심이 없었던 위안부 할머니들의 울부짖는 모습이 갑자기 뇌리를 스쳤다.

게다가 말도 안 되는 소리를 지껄이는 아베인지 애비인지 하는 놈의 상판떼기도 눈앞에서 아른거리면서 분노에 불을 지폈다.

"학학학학……."

그래서 태수는 지금 여기에서 이마이 마사토에게 지면 죽어도 눈이 감겨지지 않을 것 같은 기분에 사로잡혔다.

평소에는 없다고 여겼던 애국심이라는 것이 갑자기 태수 가슴속에서 불끈 용솟음쳤다.

그런데 그때 다른 함성이 터졌다.

깨갱깽깽깽— 깽깽깽—

"동해물과 백두산이 마르고 닳도록—!"

태수가 놀라서 쳐다보니까 일본인 응원단 옆에 십여 명의 사람이 태극기를 흔들고 꽹과리를 미친 듯이 두드리면서 목이 터져라 애국가를 부르고 있다.

"하느님이 보우하사 우리나라 만세—!"

핏대를 세우고 목이 터져라 응원하는 동포들을 보는 순간 태수는 눈물이 왈칵 솟구쳤다.

머나먼 이국땅에서 마라톤을 하면서 듣게 된 동포들의 응원이 이토록 가슴 벅찰 줄은 몰랐다.

"오빠—!"

그리고 그들 너머 인도에서 심윤복 감독이 몰고 있는 오토바이 뒷자리에 탄 민영이 손에 태극기를 미친 듯이 흔들면서 악을 쓰고 있는 게 보였다.

"오빠—! 달려—! 무조건 쪽바리들 이겨—!"

태수는 어디에서 그런 힘이 솟았는지 모른다.

"이런 씨팔……."

태수는 눈물이 쏟아져서 앞이 부옇게 잘 보이지 않는데도 이를 악물고 고꾸라질 듯이 달려 나갔다.

단발터보 옆에 터보 하나가 더 생겼다. 드디어 트윈터보다.

동포들의 응원이 터보 하나를 더 만들어주었다.

타타타타타—

"학학학학학—"

태수가 옆을 스치고 지날 때 이마이 마사토의 얼굴이 일그러지는 게 보였다.

곧 태수 등 뒤에서 안타까운 누군가의 외침이 들렸다.

"맛떼!"

이마이 마사토다. 맛떼가 무슨 뜻인지는 모르겠지만 필경 좋은 뜻은 아닐 거다.

100m쯤 전방에 피니시라인이 보였다.

태수는 온몸의 힘을 쥐어짜내 죽어라고 달리면서 속으로 악을 쓰며 애국가를 불렀다.

'으헉헉헉헉… 대한사람 대한으로 길이 보전하세—!'

고꾸라지듯이 테이프를 끊으면서 달려 들어온 태수 앞에 민영과 심윤복 감독이 눈물을 흘리면서 서 있는 게 보였다.

민영이 어린아이처럼 울음을 터뜨리면서 달려와 태수를 부둥켜안았다.

"으아앙!"

민영은 태수가 우승 테이프를 끊을 때마다 어린아이처럼 울면서 포옹하는 버릇이 생겼나 보다.

심윤복 감독이 다가오면서 통쾌한 웃음을 터뜨렸다.

"으핫핫핫! 태수야! 대한민국 만세다! 으핫핫!"

태수는 호랑이 같은 심윤복 감독이 환하게 웃으면서 눈가에 언뜻 눈물이 맺혀 있는 것을 보았다.

심윤복 감독은 두 팔을 벌리고 다가와서 포옹하고 있는 태수와 민영을 한꺼번에 안았다.

"으핫핫핫핫! 기분 째진다!"

태수도 기분 째졌다.

제11장
열도 침몰

2시간 7분 57초.

태수의 골드코스트마라톤대회 우승 기록인 동시에 골드코스트마라톤대회기록이기도 했다.

마라톤 풀코스 국내 최고기록인 이봉주가 세운 2시간 7분 20초는 아깝게 37초 차이로 경신하지 못했다.

하지만 태수의 기록은 국내 역대 2위 기록에 랭크되었다.

손주열은 5위로 골인했고 기록은 2시간 11분 12초. 그의 종전 기록을 3분이나 앞당겼으며, 당연한 일이지만 가와우치 유키를 이겼다.

그것은 오로지 태수가 하나에서 열까지 손주열을 이끌면서 페메를 해준 덕분이었다.

2위 그룹이었던 정목환, 우정호, 김경진 3명도 이마이 마사토와 가와우치 유키를 제외한 다른 어떤 일본 선수들보다 빨리 피니시라인에 들어왔으며 모두 10위권 안에 들었다.

말 그대로 그날은 대한민국 만세의 날이었다.

운동 경기의 한일전의 결과가 늘 그랬듯이, 이번에 태수가 이룬 쾌거는 마라톤에 관심이 없었던 사람들까지 대한민국 전 국민을 열광시켰으며 오랫동안 나라 전체를 너 나 없이 행복하게 만들었다.

사람이 두 명만 모이면 어김없이 마라톤과 태수, 그리고 타라스포츠 마라톤팀의 쾌거에 대해서 대화를 나누었다.

태수 그리고 민영과 타라스포츠는 대한민국 최고의 핫이슈가 되었다.

그러나 양지가 있으면 음지도 있는 법이다.

태수로 인해서 대한민국 전체가 기쁨으로 들썩거리고 있는 반면에 일본열도는 깊은 슬픔에 빠졌다.

일본 최대부수를 자랑하는 아사히신문의 1면 머리기사의 제목이 일본 국민의 심정을 단적으로 대변하고 있다.

─무명의 조선 칼잡이 야마토다마시의 심장을 찌르다!

야마토다마시(大和魂)란 일본 민족 고유의 정신을 가리킨다.
말하자면 태수가 일본 민족정신의 심장에 칼을 꽂았다는
것이다.

"오빠 이제 부자 됐네?"
타라스포츠 총괄팀 본부장실 소파에 앉은 정장의 민영은
맞은편에 앉은 태수를 보며 싱그럽게 미소 지었다.
태수는 조금 전에 심윤복 감독, 마라톤 팀원들과 함께 사장
실에 들어가 포상금을 받았다.
심윤복 감독과 손주열, 그리고 팀원들은 일괄적으로 1억
원, 윤미소와 닥터 나순덕은 천만 원, 그리고 마사지사나 영양
사들은 백만 원이 든 금일봉을 받았다.
그렇지만 태수는 계약서에 적힌 것에다가 특별포상금 1억
원까지 덤으로 받았다.
혜원의 고모 수현이 작성한 태수의 계약서에 따르면, 마라
톤대회 참가비 1억, 세계대회 우승 10억, 대회기록 경신 10억
을 받기로 했었다.
토탈 21억에 특별포상금 1억까지 해서 22억을 한꺼번에 받
았다.

지난번 계약금으로 6억씩 12억 받은 것과 포천38선하프마 라톤 세계기록 경신한 것에 대해서 대한육상경기연맹과 대한 체육회, 삼성전자, 코오롱 등 기업들이 상금과 포상금으로 내 놓은 것이 정확하게 23억이었다.

또 골드코스트마라톤 우승 상금 10만$에 대회기록 경신 포 상금 10만$. 원화로 환산하면 대충 계산해도 2억 원이다.

그런 것들을 모두 합하면 무려 59억 원이다.

그래서 민영이 태수더러 부자라고 말한 것이다.

태수는 자기가 59억 원이나 벌어들인 부자라는 사실이 전 혀 실감나지 않았다.

타라스포츠하고 계약한 이후 거의 개인 생활을 하지 않아 서 돈을 써볼 기회가 없었다.

윤미소를 영양으로 보내 엄마에게 3층짜리 건물을 사드리 느라 3억 원 남짓 쓴 거 말고는 전액 고스란히 태수 계좌에 남아 있다.

타라스포츠에서 태수에게 집을 포함한 생활 일체를 지원하 고 있으므로 돈 쓸 일이 없다.

"부자는 뭘……."

태수는 괜히 씁쓸한 기분이 됐다. 올해 3월까지만 해도 하 루에 7~8만 원 벌기가 빠듯했었는데, 지금은 25살 만 24세 젊은 나이에 59억, 아니, 56억 부자가 되었으니 이게 꿈인 듯하다.

돈을 벌면 이것저것 할 게 많았었는데 막상 떼돈을 벌고 나니까 뭘 할지 잘 생각나지 않았다.

아니, 지금은 오로지 달리는 것, 마라톤 외에는 머릿속에 든 게 없다.

"이제 시작이야."

민영이 미소를 지으며 말했다. 민영은 얼굴이나 몸매가 흠잡을 데 하나 없이 예쁜데 지금처럼 살짝 미소를 지으면 보는 사람의 혼을 빼놓는 것 같다. 아름다운 사람은 뭘 해도 아름다운 모양이다.

"마라톤 풀코스로 치면 오빠 이제 막 스타트했어. 골인할 때쯤엔 세계적으로 유명인사에 스포츠 재벌이 될 거야."

태수는 민영이 말하는 세계적 유명인사와 스포츠 재벌이라는 게 무엇인지 감이 오지 않았다.

"오빠 MLB의 추신수 알지?"

"응."

"추신수 연봉 얼만지 알아?"

"몰라."

한국 출신 야구선수 추신수라는 이름은 들어봤지만 자세한 것은 모른다.

"이번 팀하고 계약한 게 7년 동안 1억 3천만$야. 우리 돈으로 계산하면 대충 1,300억 원이지."

민영의 설명을 듣고서야 태수는 스포츠 재벌이라는 말이
조금 실감났다.

"박찬호 선수는 LA다저스 시절에 한 해 990만$의 연봉을
받았었는데 그 당시 한화로 치면 130억 원이었어."

태수는 고개를 절레절레 흔들었다.

"굉장하구나."

"오빠도 그만큼, 아니, 그보다 더 유명해지고 더 벌게 될 거
야. 두고 봐."

태수는 여태까지 번 돈 만으로도 충분하다는 생각이 들었
지만 벌 수 있다면 계속 벌고 싶다는 생각이다.

민영이 두 손을 깍지 껴서 턱에 받치고 그윽하게 태수를 응
시했다.

"오빠가 베를린마라톤에서 10위권에만 들면 내가 계약서 새
로 써줄게."

심윤복 감독 말로는 베를린마라톤대회에서 10위권에 들려
면 최소한 2시간 6~7분대가 돼야 한다고 그랬었다.

그런데 태수는 이번에 호주 골드코스트마라톤대회에서 2시
간 7분대에 들어왔으니까 베를린마라톤대회에서도 10위권에
들 가능성이 있다.

민영이 더욱 그윽한 눈빛으로 태수를 응시했다.

"만약 오빠가 5위권에 들면 보너스 10억, 계약서는 지금의 3배로 새로 써줄 생각이야. 아마 사장님도 이의를 달지 않을 거야."

태수는 놀란 얼굴로 민영을 쳐다보다가 문득 새삼스러운 생각이 들었다.

죽어라고 알바만 하면서 찌질하게 살던 태수가 불과 몇 달 만에 이런 위치에 오르게 된 데에는 민영의 공이 컸다.

아니, 민영이 아니었다면 지금쯤 태수는 몇 십만 원 상금을 노리고 마라톤지방대회를 기웃거리거나 알바를 하고 있을지도 모르는 일이다.

"오빠 요트 사고 싶다고 그랬지?"

민영이 정장 상의를 벗어서 소파 등받이에 걸치고 블라우스 차림으로 태수를 보며 생글생글 웃었다.

"응."

민영의 커다란 가슴 때문에 블라우스가 찢어질 것 같다.

"베를린마라톤 끝나면 거기서 요트 사자, 오빠. 그거 타고 한국으로 돌아오지 뭐."

"그래."

태수가 좋아하는 바바리아 요트사는 독일에 있다.

태수는 진심 어린 얼굴로 말했다.

"민영아, 고맙다."

"뭐가? 요트 사자는 거?"

"아니, 지금의 날 있게 만든 건 민영이 너야. 니가 아니었으면 이런 건 엄두도 못 냈을 거야."

"오빠……."

태수가 워낙 갑작스럽게 또 진지하게 말하니까 민영은 조금 당황해서 농담을 했다.

"앞으로도 잘 이끌어줄 테니까 누나 말 잘 들어."

그렇게 말해놓고 민영은 뜨끔했고, 태수도 반사적으로 어떤 생각이 떠올랐다.

'누나'라는 말을 들으면 그 즉시 '찌찌'라는 말이 연상되는데 두 사람 다 똑같은 생각을 한 것이다.

잠시 어색한 침묵이 흐르다가 태수가 침묵을 깼다.

"그런데 민영아."

"왜 오빠?"

태수의 진지한 표정에 민영은 상체를 앞으로 숙여 얼굴을 태수 가까이 가져왔다.

블라우스 맨 위 단추 하나를 풀어놓은 탓에 민영의 터질 듯한 탱탱하고 우윳빛으로 뽀얀 가슴이 태수의 눈앞에 절반 이상 훤히 드러났다.

태수는 부지중에 민영의 가슴을 봤다가 얼른 시선을 돌리며 얼굴을 붉혔다.

민영도 깜짝 놀라서 급히 상체를 세우고는 주먹을 쥐고 짐짓 성난 얼굴로 태수를 때리는 시늉을 했다.

"죽을래?"

"미… 안하다."

민영은 태수가 얼굴이 빨개져서 허둥거리는 모습을 보며 배시시 미소를 지었다.

'부끄러워하는 거 봐. 귀여워 죽겠어.'

태수는 그동안 벼르던 말을 꺼냈다.

"민영이 너하고 나 스캔들 말이야. 넌 그거 어떻게 생각하고 있니?"

"아아… 그거."

민영은 별거 아니라는 듯 손사래를 쳤다.

"괜찮아. 좀 지나면 잠잠해질 거야."

태수를 오늘날의 스타덤에 올려놓은 기폭제가 됐던 포천38선하프마라톤대회에서 태수가 세계기록을 깨면서 골인할 때 민영이가 어린아이처럼 엉엉 울면서 그에게 안겼던 적이 있었다.

그때 그 광경을 찍은 사진과 동영상이 순식간에 대한민국뿐만 아니라 전 세계로 퍼져 나갔었다.

유튜브 조회수가 보름 만에 1억 뷰를 돌파하는 기염을 토했으며, 현재도 하루가 다르게 가파른 상승세를 보이고 있다.

그것뿐만 아니라 포천38선하프마라톤 이후에도 태수와 민영이 함께 있는 모습은 여러 사람에게, 그리고 파파라치들에게 포착되어 지상파나 인터넷을 떠돌아다녔다.

게다가 국내의 거의 모든 매스컴이나 잡지에는 하루도 빠짐없이 태수와 민영의 일거수일투족 기사가 단골로 올랐다.

그러니 대한민국 국민치고 태수와 민영이 연인 관계라는 사실을 모르는 사람은 한 명도 없을 것이다.

"오빠 나랑 스캔들 난 거 싫어?"

민영이 뜻 모를 질문을 했다.

태수는 조금 영특하게 받아쳤다.

"넌 좋냐?"

그런데 뜻밖에 민영이 팔짱을 끼면서 태연한 얼굴로 고개를 끄떡였다.

"응. 난 아무렇지도 않아."

그녀는 조금 진지한 표정을 지었다.

"난 이제껏 스캔들 같은 거 한 번도 났던 적이 없었어. 공부하고 아프로디테 활동하는 거 말고는 남자한테 관심 눈곱만큼도 없었거든."

민영은 태수가 고개를 끄떡이는 걸 보고 말을 이었다.

"그런데 전에도 말했지만 난 오빠한테 관심 많아."

그녀의 얼굴이 더욱 진지해졌다.

"타라스포츠 잠정적 본부장으로서도 한 명의 여자 민영이
로서도 말이야."

슥―

민영이 일어나더니 테이블을 돌아서 태수 옆에 앉았다.

"내가 한 가지 시험을 해볼게."

"뭐… 뭘?"

민영이 몸을 밀착하면서 손을 뻗자 태수는 경계하듯 몸을
웅송그렸다.

민영은 태수 몸 위에 스르르 쓰러지듯이 안기면서 천천히
얼굴을 가까이 가져왔다.

"민영아……."

태수는 당황했으나 어떤 행동을 취하지는 않았다. 왜 민영
을 밀어내지 않았는지는 그 당시에도, 그리고 시간이 지난 후
에도 알 수가 없었다.

소파에 누운 태수 몸 위로 엎드리며 민영이 입술을 덮어왔
다. 그러고는 태수의 입술을 벌리고 혀를 매끄럽게 밀어 넣었
다.

태수는 얼어붙은 것처럼 잠시 동안 가만히 있었으나 민영
의 혀가 자신의 혀를 건드리면서 감아오자 불에 덴 듯이 깜
짝 놀라더니 갑자기 그녀의 혀를 세차게 빨기 시작했다.

"음음……."

민영이 낮은 신음을 흘려서 태수는 살짝 눈을 떴다.

눈을 감고 있는 민영의 긴 속눈썹이 바들바들 떨리고 있는 게 보였다.

태수는 민영의 허리를 힘껏 끌어안으면서 미친 듯이 혀를 빨아댔다.

"오… 오빠!"

태수는 민영의 자지러지는 신음 소리에 번쩍 정신이 들었다.

"……!"

그는 아마도 잠시 동안 정신을 잃었던 것 같다. 아니, 제정신이 아니었나 보다.

태수는 자기가 소파에서 민영을 깔아뭉갠 자세로 그녀의 블라우스를 반쯤 벗기고 브래지어까지 끌어내려 젖가슴에 얼굴을 묻고 있는 모습을 발견했다.

더 자세히 설명하자면 지금 그는 민영의 오른쪽 가슴을 거칠게 빨고 있는 중이었다.

그녀의 유두와 가슴 윗부분이 온통 그의 입속에 가득 들어 있었다.

확!

"이러지 마."

민영이 두 손으로 태수의 가슴을 세차게 떠밀었다.

태수는 상체를 들고 멍한 표정으로 민영을 굽어보았다.

민영은 양쪽 어깨와 두 개의 젖가슴을 송두리째 드러낸 상태로 누워서 얼굴이 당황함과 수치심에 물들어 태수를 올려다보고 있었다.

태수는 민영의 한쪽 젖가슴이 붉게 충혈되고 침이 흥건한 것을 보면서 황당함을 감추지 못했다.

"미안하다……."

"비켜."

스윽—

민영은 자신의 하체를 누르고 있는 태수를 밀어내며 일어나 앉아 침착하게 브래지어를 바로 하고 블라우스를 입었다.

이어서 어쩔 줄 모르는 얼굴로 바라보고 있는 태수를 보면서 눈물을 글썽였다.

"키스만 하려고 했는데… 순 날강도같이……."

"민영아……."

짝—

태수가 사과하려는데 민영이 그의 뺨을 때렸다. 하지만 아프지 않게 살짝 손바닥만 대는 정도였다.

그러고는 민영은 하이힐을 찾아 신고는 일어나서 문으로 또각또각 걸어갔다.

문을 열다가 말고 민영은 태수를 돌아보며 입술을 꼭 깨물고 나서 새빨간 입술을 나풀거렸다.

"어쨌든 나 약속 지킨 거다?"

"……."

포천38선하프마라톤에서 이봉주 기록을 깨면 BMW M50D를 준다는 것과 일명 '누나 찌찌'를 준다는 약속을 했었는데 그 약속을 말하는 거다.

탁!

민영이 나가고 문이 닫힌 후로도 태수는 그 자리에 우두커니 앉아 있다가 갑자기 주먹을 쥐고 제 머리를 한 대 쥐어박았다.

쿵!

"무슨 짓을 한 거냐? 멍청한 놈……."

키스를 하다가, 아니, 민영의 혀를 빨다가 이성을 잃어버린 것 같았다.

민영이를 혜원으로 착각한 건가? 아니, 그런 건 아니다.

태수는 기분이 착잡했다. 민영이 태수에게 관심이 있다는 것은 그녀에게 직접 들어서 알지만 그렇다고 태수 자신마저 줏대 없는 행동을 하는 게 영 마음에 들지 않았다.

'내가 민영이를 좋아하는 것인가?'

곰곰이 생각해 봤지만 답이 나오지 않았다. 그러나 민영이를 싫어하지 않는 것은 분명하다. 아니, 좋아한다. 하지만 남녀로서 좋아하는 것이 아니다. 그럼 뭘로 좋아한다는 거지?

'아니면 내 속에 음탕함이 도사리고 있는 건가? 예쁜 여자가 들이대면 정신 못 차리고 주워 먹는 카사노바 같은?'

태수는 거기에 생각이 미치니까 자기 자신이 경멸스러워졌고 또 혜원에게 미안한 마음을 떨칠 수가 없다.

'안 되겠다. 앞으로는 행동 똑바로 하자.'

그런데 키스를 하기 전에 민영이 했던 말이 문득 생각났다.

"내가 한 가지 시험을 해볼게."

민영은 뭘 시험하려던 것이었을까?

태수는 자신의 오피스텔에 내려왔다가 활짝 열어놓은 창을 통해서 넘실거리는 바다를 한참 동안이나 바라보면서 깊은 생각에 잠겼다.

머리가 너무 혼란스러워서 정리를 하려는 것이다.

태수로서는 현재 마라톤에 전념해야 하는데 자꾸만 잡생각이 들었다.

그는 자신이 마라톤으로 성공하려는 이유가 두 가지라고 생각했다.

하나는 남자로서의 포부를 완성시키고 싶다는 것이다.

물론 예전에는 그런 포부가 없었으나 뜻하지 않게 새로운 비전이 생겼으니 그 길에 전력을 다해서 최고가 되고 싶다는 마음이 간절해졌다.

그리고 또 하나의 이유는 성공의 정점에서 사랑하는 혜원을 신부로 맞이하고 싶다는 것이다.

혜원의 아버지와 큰오빠가 반대하고 있지만 태수가 성공을 이루고 또 진심으로 혜원을 사랑하는 마음을 보인다면 결국에는 그분들도 인정해 줄 것이라고 믿었다.

앞으로 이 두 가지 외에는 아무것도 마음에 담고 있지 않기로 마음먹었다.

그러기 위해서는 민영에게 태수 자신의 마음을, 아니, 결심을 똑바로 전해야겠다고 생각했다.

원래 그는 우유부단한 성격이라서 끊고 맺음이 정확하지 않아 많은 오해의 소지를 남겼지만 이번만큼은 분명해야 한다고 다짐했다.

타라스포츠 총괄팀 본부장실에 태수와 민영이 마주 앉았는데 두 사람은 한참이나 침묵을 지키고 있다.

아까의 앙금이 사라지지 않아서 태수는 태수대로 민영은 민영대로 어색함을 떨치지 못하는 것이다.

"음. 할 말이 있어."

마음을 다잡느라고 앞에 놓인 커피를 한 모금도 마시지 않고 있다가 이윽고 태수가 주먹을 입에 대고 헛기침을 한 후에 입을 열었다.

민영은 잠자코 가만히 있었다.

태수는 지금 자기가 하고자 하는 얘기를 될 수 있으면 민영을 똑바로 주시하면서 해야겠다고 생각했다.

"너 내가 세계최고가 되기를 원하지?"

"그걸 말이라고 해?"

"그럼 나한테 이상한 짓 하지 마라."

민영은 작게 움찔하더니 억눌린 듯한 목소리로 물었다.

"이상한 짓이라니 무슨 뜻이야?"

"키스라든가… 내가 오해할 만한 행동 하지 말라는 뜻이야."

"오빠."

"그거 나한테 아무 도움 안 된다. 오히려 해가 된다."

태수는 일부러 단호한 표정을 지었다.

"난 마라톤에서 세계최고가 되고 그런 다음에는 혜원이하고 결혼할 계획이다."

태수는 민영이 놀라는 표정을 짓는 것을 무시했다.

"너의 장난스러운 행동은 내가 세계최고가 되는 데 방해만 된다. 그러니까 하지 마라."

"오빠는 그게 장난이라고 생각해?"

태수는 민영의 목소리에 울음기가 섞이는 것을 모른 체하고 자기 할 말만 했다.

"분명히 말하는데, 네가 또다시 그러면 나는 할 수 없이 계약 파기하고 다른 길을 찾겠다."

그러고는 태수는 벌떡 일어섰다.

그는 민영이 충격을 받은 듯한 표정으로 눈물을 글썽이고 있는 모습을 굽어보다가 어금니를 악물고는 문으로 성큼성큼 걸어갔다.

문을 열고 나가는데 소파 쪽에서 민영이 흑! 하고 흐느끼는 소리가 들렸으나 태수는 밖으로 나와 문을 닫았다.

탁!

후련했다. 그런데 마음 한구석이 무거웠다.

T&L스카이타워 85층 트레이닝센터의 회의실에 마라톤팀과 민영이 모여 있다.

소파에 태수를 비롯한 마라톤팀 5명과 민영, 심윤복 감독, 나순덕이 마주 보고 앉아 있으며, 윤미소는 태수 뒤에 차렷 자세로 서 있다.

"일본 북해도마라톤대회가 8월 9일이다. 원래 우린 호주 골드코스트마라톤대회하고 일본 북해도마라톤대회에 참가할 계획으로 팀원 전원 참가 신청을 했었다."

심윤복 감독이 언제나처럼 엄숙하게 말을 꺼냈다.

"일본 선수들이 우리한테 이를 갈고 있다."

그렇게 말하면서 심윤복 감독의 입가에 득의한 미소가 슬쩍 번졌다.

호주 골드코스트마라톤대회에서의 통쾌한 기억이 되살아났기 때문이다. 그 생각만 하면 미소를 감추기가 어렵다.

소파에 앉다 보니까 태수와 민영은 테이블을 가운데 두고 서로 마주 보고 앉아 있었다.

민영은 눈을 내리깔고 있거나 테이블에 놓인 서류를 괜히 뒤적거렸다.

"아마 이번 북해도마라톤대회에 일본 엘리트 선수들이 대거 참가할 거다. 이마이 마사토하고 가와우치 유키는 당연히 참가한다."

슥—

심윤복 감독이 종이 한 장을 테이블에 펼쳐 놓았다. 종이에는 한글과 일본어가 병기되어 빼곡하게 적혀 있었다.

"일본육상경기연맹 명의로 우리 타라스포츠에 보낸 정식 초청장이다."

모두의 얼굴에서 자랑스러움이 은은하게 빛났다.

"하하! 일본이 애가 탔군요."

손주열이 어깨를 으쓱거리며 너스레를 떨었다.

태수도 빙그레 미소 짓고 정목환, 우정호, 김경진 다들 으스대는 모습이다.

세계적으로도 일본육상경기연맹은 자존심 강하고 도도한 단체라고 소문이 자자한 편이다.

그런데 대한육상경기연맹도 아니고 일개 기업인 타라스포츠 마라톤팀에 정식 초청장을 보냈으니 심윤복 감독 이하 모두들 어깨가 으쓱거리는 건 당연하다.

누구보다도 기분이 좋은 사람은 민영이다. 최초에 타라스포츠 계획안을 작성한 사람이 그녀이고, 이후 태수를 눈여겨보면서 타라스포츠 마라톤팀을 만들기로, 그리고 태수를 타라스포츠 전면에 내세워 홍보하기로 작정하고 또 추진한 사람이 그녀이기 때문이다.

이번 호주 골드코스트마라톤대회에서의 타라스포츠 마라톤팀의 쾌거로 타라스포츠 브랜드가 대대적으로 홍보된 것은 말할 것도 없거니와 매출 또한 수직상승 고공행진하고 있는 중이다.

그로 인해서 민영은 부친인 T&L그룹 총수에게 큰 칭찬을 들었다.

처음에 타라스포츠를 런칭하기 전까지 T&L그룹 내에서는 우려의 목소리가 많았었다.

쟁쟁한 글로벌 스포츠브랜드가 넘쳐나고 있는데 뒤늦게 후발주자로 스포츠산업에 뛰어드는 것은 무모하다는 게 압도적인 의견이었다.

하지만 타라스포츠를 런칭하자마자 지금까지 승승장구하고 있으니 민영은 물론이고 부친까지 어깨에 힘을 꽉꽉 주고 다닌다.

또한 민영의 경영 실력이 충분히 입증되고 있어서 이후 T&L그룹 총수의 뒤를 잇는 후계자에 민영이 어린 나이임에도 일찌감치 높은 점수를 따게 되었다.

태수와 손주열을 비롯한 타라스포츠 마라톤팀 5명 전원은 전지훈련 성격으로 북해도마라톤대회에 일찌감치 참가 신청을 해놓은 상태였다.

일본육상경기연맹이 그걸 모를 리 없을 것이다. 그런데도 초청장까지 보냈다는 것은 타라스포츠마라톤팀이 북해도마라톤대회에 불참할까 봐 쐐기를 박으려는 의도인 것이다.

"우린 일본 최고인 이마이를 꺾어서 일본의 코를 납작하게 만들었다. 그거면 됐다. 그러니까 북해도마라톤대회에는 구태여 참가하지 않아도 된다."

일본이 북해도마라톤대회에서 한국에, 아니, 타라스포츠 마라톤팀 그중에서도 특히 태수에게 복수를 하겠다는 뜻이 명백하다.

만약 타라스포츠마라톤팀이 북해도마라톤대회를 보이콧한다면 일본 마라톤은 설욕할 기회마저 잃고 이대로 길고도 깊은 침체의 늪으로 빠지게 될지도 모르는 일이다.

그래서 심윤복 감독은 일본에게 아예 설욕할 기회 자체를 주지 말자는 것이다.

태수가 이마이 마사토를 이긴 것은 한국 마라톤이 일본 마라톤을 이긴 것이나 다름이 없다.

그 사실은 너무도 분명하다. 한국이 알고 일본도 알고 세계가 다 알고 있는 사실이다.

현재 한국 마라톤 선수가 일본 선수를 이겼다는 사실은 전 세계 스포츠계에 신선한 충격을 주고 있다.

민영은 아까의 일도 있지만 어쨌든 태수가 자랑스러운 것은 사실이라 흐릿한 미소를 지으면서 태수를 바라보았다.

아무리 생각해도 태수라는 보물은 사랑스럽고 또 자랑스럽기 짝이 없다.

그러면서도 한편으로는 야속하기 짝이 없다는 게 민영의 솔직한 심정이다.

태수를 우연한 기회에 발굴한 사람이 민영이다. 그래서 태수가 큰 성과를 낼 때마다 태수 본인보다도 민영이 훨씬 더 기뻐하고 있는 것이다.

그때 태수가 민영을 쳐다보다가 두 사람 눈이 마주쳤다.

두 사람 다 똑같이 움찔했다. 태수가 어색한 표정을 지으려는데 민영이 차갑게 눈을 흘겼다.

'미워 죽겠어.'

눈이 말을 한다면 아마 그렇게 말했을 것이다.

"하나 더 있다."

심윤복 감독은 머리를 쓸어 넘기면서 조금 뜸을 들이다가 말했다.

"대한육상경기연맹에서 태수하고 주열이, 목환이를 차출하고 싶다는 연락을 해왔다."

손주열과 정목환은 드디어 올 것이 왔구나, 라는 표정인데 태수는 그게 무슨 뜻인지 알지 못했다.

태수 뒤에 서 있는 윤미소가 꼿꼿한 자세로 설명했다.

"대한육상경기연맹에서 태수 씨를 이번에 열리는 북경육상세계선수권대회 마라톤부문에 반드시 출전시키고 싶다고 공식 입장을 밝혀왔습니다."

"태수 씨?"

"아! 죄송합니다."

민영이 차가운 얼굴로 쳐다보자 윤미소는 급히 허리를 굽히며 사과했다.

민영은 태수와 윤미소가 친구가 되어 너니 내니 하면서 지낸다는 사실을 모르고 있다. 만약 알게 되면 그냥 넘어가지는 않을 것이다.

"타라스포츠로 온 공문이라서 감독님께 말씀드렸습니다."

태수에 관한 것이라면 하나도 빠짐없이 윤미소의 손을 거쳐야만 한다.

태수가 쳐다보니까 손주열과 정목환은 고개를 끄떡였다.

"난 무조건 북경대회에 참가할 거다. 얼마나 기다려 온 대회인지 모른다."

운동을 하는 사람들에게 가장 큰 대회는 뭐니 뭐니 해도 올림픽과 세계선수권대회 두 개다.

거기에 출전하기 위해서 운동을 하는 거라고 해도 지나친 말이 아니다.

출전해서 메달을 따면 금상첨화겠지만, 그러지 못한다고 해도 그런 엄청난 대회에 참가했다는 자체가 본인에게도 가문에도 영광이고 자랑이다.

국가대표라는 게 개나 소나 아무나 하는 것이 아니기 때문이다.

정목환이 태수를 보면서 싱긋 웃었다.

"태수 형님, 저는 종목이 다릅니다. 400m 허들입니다."

세계육상선수권대회는 어떤 측면에서는 올림픽보다 크고 중요한 대회라고 할 수 있다.

오죽하면 내로라는 특급선수들이 올림픽에는 나가지 않아

도 세계육상선수권대회만큼은 반드시 출전하겠는가.

그래서인지 언제나 올림픽 기록보다는 세계육상선수권대회의 기록이 더 우위를 차지하고 있다.

"베이징세계육상선수권대회는 언제입니까?"

"8월 22일부터 8월 30일까지다."

태수의 물음에 심윤복 감독이 턱을 괴고 대답했다.

"테이퍼링할 시간은 충분하죠?"

"빠듯하다."

민영은 태수가 무슨 생각을 하는지 짐작하고 손을 저었다.

"오빠, 북해도마라톤에 나가려는 거라면 포기해. 그거보다는 베이징세계육상선수권대회가 백만 배나 더 중요해. 그러니까 이제부터 거기에 올인해."

태수는 진지하게 말했다.

"나는 일본의 도전을 피하고 싶지 않다."

태수는 일본육상경기연맹이 보낸 초청장을 '도전'이라고 표현했다. 그래서인지 그걸 피하면 비겁해지는 거라는 생각이 들었다.

태수는 골드코스트마라톤대회 마지막 1㎞를 남겨두었을 때부터 벌어졌던 기적 같은 일을 지금까지 살아오면서 느꼈던 인생 최고의 감동이었다고 생각했다.

그 당시 태수는 몸과 마음이 극도로 지쳐서 5m 앞에서 달리는 이마이 마사토를 도저히 추월할 수 없을 것 같았다.

그때 느닷없이 도로변에서 일본응원단이 열띤 응원을 벌이면서 태수의 마음에서 분노를 일으켰다.

그리고 다음에는 일본응원단에 비해 인원이 훨씬 적은 한국 동포들이 목이 터져라 애국가를 불러주었다.

그것이 태수에게 기폭제가 돼주어 골드코스트의 기적을 일으키게 했다.

그때 느꼈던 감동이란 어떻게 말로는 표현할 수가 없다. 태수는 애국가를 들으면서 그리고 따라 부르면서 눈물을 흘리며 초인적인 능력으로 역주를 했고, 마침내 이마이 마사토, 아니, 일본을 누르고 우승했다.

그때 태수는 깨달았다. 자신은 이제 한태수 개인의 영달을 위해서 뛰는 게 아니라 대한민국이라는 위대한 이름 앞에서 달려야 한다는 사실을 말이다.

그런데 일본육상경기연맹에서 정식으로 초청장, 아니, 도전장을 보내왔는데 피한다는 것은 대한민국이 피하는 거라는 생각이 들었다.

대한민국의 한태수는 도전 따위 두려워하지 않는다. 그것은 어쩌면 덜 익은 영웅심에서 발로한 풋내 나는 애국심일지 모르지만 태수는 자신의 감정에 충실하기로 마음먹었다.

태수는 눈을 빛내면서 오른손 주먹을 힘껏 움켜쥐고 힘 있는 목소리로 말했다.

"이번에는 아주 작살을 내주고 말겠어. 열도를 바닷속에 깊이 가라앉혀서 영원히 떠오르지 못하게 만들 거다."

목소리는 크지 않았지만 모두의 귀에는, 아니, 마음속에서는 천둥소리처럼 크게 울렸다.

오늘이 7월 3일이니까 북해도마라톤대회가 열리는 8월 9일까지는 시일이 충분하다고 해서 심윤복 감독은 타라마라톤팀에게 3일 동안 휴가를 주었다.

심윤복 감독이 넌지시 태수에게 베이징세계육상선수권대회 5,000m와 마라톤 두 종목에 출전하는 게 어떠냐고 물어서 태수는 그러겠다고 대답했다.

그랬더니 민영이 그렇다면 타라스포츠마라톤팀 이름을 타라스포츠육상부로 바꾸고 인원을 좀 더 보충하는 게 어떠냐고 제의했다.

정목환도 400m허들 종목에 출전하기 때문이다.

　　　　　*　　　　　*　　　　　*

—오빠, 보고 싶어.

휴대폰 너머에서 들려오는 혜원의 애절한 그 한마디에 태수는 앞뒤 가릴 것 없이 서울행 KTX에 몸을 실었다.

민영하고의 일 때문에 혜원에게 미안한 마음을 갖고 있던 터라서 혜원의 그 말은 태수에게 즉각적인 행동을 하도록 만들었다.

태수가 부산역으로 가려고 한다는 사실을 민영은 윤미소의 보고를 듣고 알았다.

태수의 일거수일투족을 총괄팀 잠정적 본부장인 민영에게 꼬박꼬박 보고하는 것이 윤미소의 임무 중 하나다.

그러나 민영은 서울로 가려는 태수를 붙잡지도 않았을뿐더러 아무 말도 하지 않았다.

태수는 5월 31일 포천38선하프마라톤대회에서 우승한 직후에 혜원에게 달려가서 만나고는 지금까지 한 달 넘게 그녀를 만나지 못했다.

그동안 전화 통화만 했었는데 아까 혜원에게서 보고 싶다는 말을 듣고는 오늘 혜원을 보지 못하면 숨이 끊어질 것만 같다는 절박한 마음이 들었다.

KTX 안에서 태수와 윤미소는 나란히 앉아 있으면서도 거의 대화를 나누지 않았다.

윤미소는 태수가 혜원을 만나는 것에 대해서는 전혀 관심이 없는 것 같았다.

그녀는 태수의 개인비서이고 그림자니까 그가 어딜 가더라도 따라가는 것뿐이라는 생각인 듯했다.

윤미소는 늘 그랬던 것처럼 지금도 노트북을 두드리면서 태수의 스케줄을 조절하는 일에 열중하고 있다.

태수는 이미 유명인사가 됐기 때문에 홈페이지도 있고 트위터, 페이스북, 인스타그램도 열었다. 그걸 관리하는 것도 윤미소의 일 중 하나다.

태수는 모자를 깊이 눌러쓰고 선글라스를 쓰고 있는 모습에 팔짱을 낀 채 눈을 감고 있다.

사람들이 혹시 태수를 알아볼지도 모르기 때문에 윤미소가 미리 모자와 선글라스를 준비했었다.

마스크까지 씌우려고 했더니 그것만큼은 답답해서 싫다고 태수가 거부했다.

태수는 혜원의 신촌 르미에르오피스텔에서 이틀 동안 한 발자국도 밖으로 나오지 않았다. 아니, 못했다.

태수와 윤미소가 서울역에서 KTX를 내려서 택시 승강장까지 가는 동안 태수를 알아본 사람이 10명도 넘었다.

모자를 깊숙이 눌러쓰고 선글라스까지 쓴 한태수를 알아보고 몰려들면서 사진을 찍고 촬영을 하는 사람들을 피해서 도망치며 신촌까지 오는 데 생고생을 했었다.

서울역에서 그 난리법석이 벌어졌었는데 신촌이라고 다를 게 없을 것이다.

아니, 신촌 거리에는 사람들 왕래가 훨씬 더 많기 때문에 누가 태수를 알아보는 순간 그것으로 게임오버다.

그래서 윤미소와 수현은 태수와 혜원을 오피스텔에 남겨두고 지하 커피숍에 가 있어야만 했다.

그리고 밤에는 캄캄한 방 한쪽에서 태수와 혜원이 서로 부둥켜안고 쭉쭉 빨면서 이상한 소리를 내는 데도 윤미소와 수현은 못 들은 척하느라 한잠도 자지 못해서 눈알이 새빨개지고 얼굴이 푸석푸석해졌다.

태수는 이제 혜원하고 헤어지면 언제 또다시 만나게 될지 기약할 수가 없어서 몰아서 다 사랑해 버렸다.

그사이에 많이 친해진 윤미소와 수현은 이불을 뒤집어쓰고 투덜거렸다.

"저 화상들 도대체 언제까지 저럴 거야?"

"아이고 내 팔자야. 내 거미줄 누가 걷어줄꼬……."

타라스포츠는 하루가 다르게 급성장하고 있는 중이다.

고급 스포츠웨어나 스포츠용품이라는 것들은 품질이나 디자인이 다 거기서 거기 대동소이하다.

타라스포츠 제품이 제아무리 뛰어나다고 해도 기존의 세계적 메이저 브랜드들이 거대한 산맥처럼 버티고 있는 피 튀기는 시장에서 생존한다는 것 자체가 기적이다.

그런데 타라스포츠는 런칭한 지 이제 겨우 두 달밖에 안 된 신생 메이커인데도 불구하고 적자를 내기는커녕 첫 달부터 믿어지지 않을 정도의 엄청난 매출을 기록하고 있다.

아니, 타라스포츠 브랜드는 센세이션을 일으킨다고 해도 좋을 만큼 폭발적이다.

그 원인이 타라스포츠의 CF효과와 태수의 발군적인 행보 덕분이라는 사실에 이의를 제기하는 사람은 아무도 없다.

촤아악! 촤악! 촤악!

T&L스카이타워 지하 2층 수영장에서 태수를 비롯한 타라스포츠 육상팀이 수영을 하고 있다.

이들에겐 수영도 훈련이다. 그것도 강훈련이다.

속성으로 수영을 배웠기 때문에 서너 달은 해야 배울 수 있는 자유형의 팔꺾기, 즉 하이엘보를 구사하면서 발장구를 힘차게 치며 물살을 가르고 있다.

"10바퀴! 앞으로 20바퀴 남았슴돠!"

수영강사가 풀장 위를 오락가락하면서 외쳤다.

25m 레인 왕복 한 바퀴면 50m고, 10바퀴면 500m, 30바퀴

면 1,500m, 즉 1.5km다.

그 정도면 울트라급이다. 트라이애슬론 철인삼종경기 올림픽에서 수영이 1.5km다.

"머리는 바닥을 보고 어깨를 세우고 팔을 전방으로 쭉쭉 뻗으면서 물을 확실하게 움켜잡습니다!"

강사가 얼마나 큰 소리로 떠드는지 태수들은 물속에서도 똑똑하게 들었다.

탁!

선두 태수는 11바퀴째 숨을 크게 들이마시고 측면 턴을 하면서 발로 힘껏 벽을 박차고 잠수를 하며 접영 웨이브를 시도했다.

퍽!

그런데 물속에서 희끗한 것과 호되게 부딪쳤다. 아니, 깊이 잠수를 한태수 위에서 수영을 하던 윤미소가 그의 등에 업히는 꼴이 돼버렸다.

6명 중에서 꼴찌로 가다가 풀 한쪽 구석에서 쉬기를 반복하던 윤미소가 5번째인가 6번째로 선두 태수에게 또다시 따라잡힌 것이다.

물에서 벌떡 일어난 태수 등에 업힌 윤미소가 두 팔로 그의 목을 감고 바둥거렸다.

"헉헉헉… 뭐야?"

강사의 벼락같은 호통소리가 터졌다.

"윤미소 씨! 옆으로 빠져요!"

태수는 윤미소를 물에 팽개치고 계속 수영해 나갔다.

첨벙!

"어푸푸!"

"학학학학……."

"으헉헉헉……."

윤미소까지 6명이 풀장 벽에 팔을 걸치고 숨이 끊어질 것처럼 헐떡거렸다.

이런 식의 수영훈련은 지구력이나 허벅지 근력을 키우는 데 최고지만 그보다도 폐활량 증가에 왔다.

6명이 5분쯤 쉬면서 할딱거리고 있을 때 강사가 소리쳤다.

"이번에는 접배평자 30회입니다! 몇 회?"

"30회!"

기진맥진한 6명이 합창을 했다.

"출발!"

태수가 지친 몸을 이끌고 선두로 접영을 하면서 출발하자 그 뒤로 손주열과 정목환 등이 줄줄이 뒤따랐다.

강사가 할딱거리면서 맨 뒤에 따라붙는 윤미소에게 외쳤다.

"윤미소 씨는 힘들면 빠지세요!"

"너나 빠지세요."

윤미소는 입속으로 중얼거리고 부지런히 물속으로 잠겨들었다.

접배평자라는 것은 접영, 배영, 평영, 자유형을 각 25m씩 반복하는 것이다.

부산사직종합운동장 보조경기장에 한밤중에도 불이 환하게 밝혀져 있다.

육상트랙 안쪽 레인에서는 태수와 손주열 2명이 3,000m×4회 +1,000m 질주훈련을 하고 있다.

가장 바깥쪽 레인에는 트랙 한 바퀴에 허들이 설치되어 있고 정목환이 400m 허들연습을 하고 있는 중이다.

그리고 중간 레인에서는 우정호와 김경진이 스타트와 스피드훈련을 하고 있었다.

민영의 제안으로 타라스포츠가 마라톤팀에서 육상부로 명칭과 내용을 바꾸게 되자 우정호와 김경진은 마라톤을 하면서 800m와 1,500m를 겸하게 되었다.

두 사람은 스타트와 단거리 스피드가 좋아서 심윤복 감독이 해보라고 추천을 했다.

대한육상경기연맹이 태수와 손주열, 정목환을 필요로 하고 있지만, 민영과 심윤복 감독은 그걸 승낙하는 대신에 우정호와 김경진도 묶어서 출전시키려는 계획이다.

베이징세계육상선수권대회에서 메달을 따면 금상첨화겠지만, 그런 메이저대회에 출전하는 것만으로도 개인으로는 영광이고 타라스포츠로서는 굉장한 홍보 효과와 반사이익을 볼 수가 있다.

트랙 안 잔디밭에서 심윤복 감독이 쩌렁쩌렁하게 고함을 질러대고 있다.

"속도가 떨어진다! 더 빨리! 훈련은 절대로 거짓말을 하지 않는다!"

탁탁탁탁탁······.

"학학학학학······."

심윤복 감독 옆에 서 있는 윤미소는 안타까운 표정으로 태수를 바라보았다.

태수는 새벽 5시에 기상해서 2시간 동안 수영 맹훈련을 하고 나서 아침 식사 후 2시간 동안 휴식을 겸한 브리핑을 받는다.

식사 후 최소한 2시간 후에야 밥 먹은 게 소화가 돼서 달리기훈련을 할 수 있기 때문에 어쩔 수 없이 2시간을 쉬도록 하는 것이다.

이후 오전 선선할 때에 해운대 수영강 강변도로에서 페이스주 30㎞나 LSD 40㎞.

점심 식사 후 낮잠 2시간. 먹은 음식물 역류현상을 방지하기 위해서 특별히 주문 제작한 카우치에서 휴식을 취한다.

그리고 오후에는 낙동강 하구로 이동하여 로드싸이클을 타고 낙동강 자전거길을 낙동강하구둑에서 양산낙동강교까지 22.5㎞를 3회 왕복 도합 135㎞ 주행.

다리 강화훈련, 특히 햄스트링 강화에는 자전거가 최고라는 게 심윤복 감독의 지론이다.

6시 저녁 식사 후 2시간 휴식하고 나서 지금 트랙훈련을 하고 있는 것이다.

윤미소는 태수가 돈을 많이 버는 것을 알고 있지만, 만약 그녀에게 남동생이 있고 그놈이 마라톤을 하겠다고 한다면 도시락 싸들고 다니면서 말리고 싶다는 생각이 들었다.

태수에게 천부적인 달리기 능력이 있다지만 윤미소가 보기에 태수가 마라톤으로 성공하는 밑거름의 70% 이상은 훈련인 것 같다.

윤미소는 이곳 육상트랙은 지옥 그 자체고, 심윤복 감독은 염라대왕, 그리고 태수를 비롯한 타라스포츠 육상팀원들은 지옥을 헤쳐 나가는 초인(超人)들 같았다.

8월 초.

태수는 바다 쪽으로 난 창문을 활짝 열어놓은 상태에서 트렁크팬티만 입고 웃통을 드러낸 채 바닥에 앉아 뒤에 있는 소 파에 비스듬히 기대 선풍기바람을 쐬면서 북해도마라톤에 대 한 자료를 검토하고 있다.

그런데도 땀이 줄줄 흐르고 있다. 선풍기의 세기를 강으로 맞춰서 바람이 세게 불기 때문에 태수가 보고 있는 종이가 정 신없이 팔락거린다.

실내에 에어컨이 있지만 심윤복 감독의 명령에 의해서 틀어 놓지 않았다.

에어컨 바람이 인체에 해롭고 자칫 감기에 걸리기 쉽기 때 문이다. 운동선수, 특히 마라토너에게 감기처럼 치명적인 것은 없다.

태수는 현재 테이퍼링 중이다.

마라톤 레이스 당일 몸과 마음을 최고의 컨디션으로 만들 어 대회에서 최고의 성적을 올리도록 하는 것을 피킹(Peaking) 이라고 한다.

대회 1~2주 전부터 천천히 훈련의 질(강도)과 양(거리)을 줄 여가는데, 이것을 테이퍼(Taper) 혹은 테이퍼링(Tapering), 우 리말로 조정(調整)이라 한다.

특히 이 말을 유명하게 만든 사람은 '인간기관차'로 불리며 '새는 날고 물고기는 헤엄치고 인간은 달린다'라는 명언을 남 긴 '에밀 자토펙'이다.

자토펙은 1950년 유럽선수권을 앞두고 매우 강도 높은 훈련을 실시했는데 이것이 화근이 되어 2주 동안 병원에 입원을 하게 되었다.

　아이러니컬하게도 이 강제적인 '휴식'으로 자토펙은 오히려 몸 컨디션이 최고 상태에 도달하게 되었고, 퇴원 이틀 후에 참가한 5,000m와 10,000m 종목에서 우승했다.

　이 일이 있고 난 후 생리학자 네드 프레드릭은 테이퍼링을 '자토펙현상'이라고도 불렀으며, 그때부터 세상에 널리 알려지게 되었다.

　"일정표 나왔어."

　윤미소가 푸르스름한 액체가 가득 담긴 커다란 컵과 종이 한 장을 쥐고 태수에게 다가왔다.

　탁!

　"마셔."

　짧은 반바지에 헐렁한 민소매를 입은 윤미소는 태수 옆에 앉아서 선풍기바람을 쐬며 컵을 바닥에 내려놓았다.

　컵에 든 것은 야채와 과일을 믹싱한 것인데 영양사가 매일 밤 마라톤 팀원들에게 먹이는 보양식 중 하나다.

　태수는 컵을 들어 단숨에 마시고는 윤미소가 내미는 종이를 슬쩍 쳐다봤다.

　"안 봐도 된다."

윤미소는 더운지 연신 헐렁한 민소매 가슴 부위를 잡고 흔들면서 땀을 닦았다.

"8월 4일에 출국해서 홋카이도에서 촬영 3일, 그리고 나서 하루 동안 코스 답사야."

태수는 소파에 기대며 중얼거렸다.

"브래지어는 해야지."

"덥고 답답해 죽겠는데 집에서까지 그러고 있어야 돼?"

윤미소가 뾰족하게 항변했다.

"그러는 넌 바지나 제대로 입고 있으면 안 되나?"

"미소 너 방 안 구하냐?"

태수가 불쑥 말하자 윤미소는 움찔했다. 사실 윤미소는 방을 구할 때까지만 태수의 오피스텔에 잠시 얹혀 있는다는 조건이었다.

"그건……."

"여긴 내 집이야. 나 혼자 있으면 발가벗고 다녀도 뭐라고 할 사람 없잖아."

"……."

윤미소는 꿀 먹은 벙어리처럼 말을 못했다. 태수의 말은 백번 천번 옳아서 항변할 말이 없다.

"미소 너, 이번에 북해도마라톤 갔다 오면 휴가 받을 테니까 그때 방 구해서 나가라."

윤미소는 굳은 얼굴로 고개를 약간 숙이고 가만히 있었다.

마음 약한 태수는 자기가 뭘 심한 말을 했나 싶어서 윤미소를 쳐다보았다.

혜원이 동양적인 미인이라면 윤미소는 서구적이면서도 지적이고 수학 선생 같은 깐깐한 타입의 미인이다.

"왜 그래?"

태수가 걱정하듯이 묻자 윤미소의 눈에 눈물이 글썽거렸다.

"말하기 창피하지만……."

윤미소는 입술을 꼭 깨물었다가 말을 이었다.

"우리 집 무지하게 가난해. 똥구멍이 찢어져……."

"아……."

"그 와중에 나 대학 보내느라 집안 거덜 났고 식구들 모두 지금도 달동네에서 월세 살고 있어."

급기야 윤미소의 뺨에 눈물이 굴러떨어졌다.

태수가 타라스포츠에 처음 왔던 날 현관에서 그를 맞이해서 엘리베이터에 태우고 올라갔을 때의 윤미소는 고생이라곤 전혀 해보지 않은 전형적인 부잣집 딸내미 모습이었는데, 그렇게나 가난했다니 태수로서는 전혀 뜻밖이다.

"나 월급 받으면 거의 몽땅 집으로 보내. 사실… 방을 구하는 건 불가능해."

"알았다. 내가 방 구해주마."

윤미소가 홱 태수를 쳐다보는데 눈물을 흘리는 눈이 매서 울 정도가 아니라 소름이 오싹 끼쳤다.

"동정하는 거니?"

"아… 아냐."

"그럼 입 닫고 있어."

윤미소는 차갑게 내뱉고 나서 가만히 있다가 수그러진 얼 굴로 말했다.

"화내서 미안해. 괜한 피해의식 때문에……."

태수는 잠시 뭔가 생각하다가 진지한 얼굴로 물었다.

"너 월급 얼마냐?"

"연봉 4천쯤 돼. 그건 왜?"

"미소 너 내 매니저 안 할래?"

"……."

"너만큼 나를 잘 아는 사람이 없잖아. 너야말로 매니저 딱 이지 뭐."

윤미소의 눈이 동그래졌다.

"연봉 1억 줄게."

윤미소의 눈이 더욱 커지고 얼굴에는 놀라는 표정이 가득 떠올랐다.

"정… 말이야?"

"농담 아니다."

"너 설마……."

"미소 널 도와주고 싶은 마음이 전혀 없다고는 말하지 않겠어. 하지만 그것보다는 너의 능력을 사고 싶다."

윤미소는 태수가 한 말의 진위를 가리기 위해서 그를 빤히 주시했다.

태수는 또 하나의 귀가 번쩍 뜨이는 제안을 했다.

"3억 가불해 줄 테니까 매월 월급에서 3백만 원씩 갚아라."

"너……."

윤미소는 3억이면 월세를 살고 있는 가족에게 서울 변두리에나마 근사한 집을 사줄 수 있다고 생각하니까 가슴이 마구 부풀었다.

"매월 300만 원씩이면 100개월 거의 8년 동안이나 갚아야 하잖아……."

"싫으면 관두고."

"아, 아니, 그게 아냐."

연봉 1억이면 세금하고 매월 300만 원씩 떼도 500만 원 이상 수중에 들어온다. 그러니까 지금보다 수입이 훨씬 많은 것이다.

윤미소는 눈물을 글썽이면서 태수를 바라보았다.

"고마워……."

"내일 당장 3억 가불해 줄 테니까 집에 보내."

"알았어."

"그리고……."

"뭐든 말만 해."

윤미소는 착! 무릎까지 꿇었다.

태수는 윤미소의 방을 가리켰다.

"가서 브래지어 하고 와."

이제부터 윤미소의 밥줄을 쥐고 있는 사람은 태수다. 즉 명령권자라는 뜻이다.

　　　　　*　　　　　*　　　　　*

타라육상팀은 8월 4일 정오 조금 지나서 일본 북해도 삿포로의 치토세공항에 도착했다.

타라육상팀 선수로는 북해도마라톤대회 풀코스에 참가하는 태수와 손주열만 왔다.

그리고 민영과 심윤복 감독, 윤미소, 닥터 나순덕을 비롯한 지원팀 거의 대부분이 왔다.

특히 타라스포츠 직원 수십 명이 미리 북해도 삿포로에 도착해서 북해도마라톤대회 기간 동안 타라스포츠 제품들을 대대적으로 판촉, 홍보할 만반의 준비를 하고 있다.

치토세공항 입국장을 통해서 타라스포츠 브랜드의 최고급 스포츠웨어를 멋지게 차려입은 태수와 민영이 연인처럼 나란히 나서자 기다리고 있던 수많은 취재진의 카메라플래시가 일제히 터졌다.

파파파파팟! 파파팡!

태수로서는 민영과 연인 관계도 아니면서 연인인 체 행동하는 것이 어색했지만, 그래도 그게 타라스포츠 판매에 엄청난 영향을 주고 있다는 사실을 잘 알고 있기에 가만히 있는 것이다.

취재진들의 카메라앵글은 오로지 태수와 민영을 향해 집중적으로 맞춰져 있다.

외려 태수가 민영보다 카메라플래시 세례를 더 집중적으로 받았다.

취재진의 절반이 걸그룹 아프로디테 보컬인 민영과 태수의 핑크빛 연인 관계를 취재하는 거라면, 나머지 절반은 현존하는 일본 최고의 엘리트 선수인 이마이 마사토를 꺾은 태수를 취재하려고 모였다.

그러고는 플래시가 터지는 가운데 한국어, 영어, 일본어 질문 공세가 파도처럼 쏟아졌다.

취재진의 질문 공세에 민영은 미소를 지으면서 여유 있는 모습으로 한국어와 영어로 몇 마디 답변을 하고는 태수와 팔짱을 끼고 여유 있게 걸으며 공항을 빠져나갔다.

대회 당일.

일본육상경기연맹이 제공한 호텔에서 묵고 있던 태수 일행
은 대회가 열리는 삿포로 마코마나이운동장으로 이동했다.

일본 전역에서 일 년에 수천 개의 마라톤대회가 열리는데
북해도마라톤은 그중에서도 열 손가락에 꼽힐 정도로 유명한
대회다.

5,000명 정도 참가하는 소규모 지방대회인 데도 불구하고
유명세를 타는 첫 번째 이유는 풀코스 제한시간이 4시간으로
정해져 있기 때문이다.

마스터즈 달림이들은 풀코스를 완주하는 데 대부분 4시간
이후 5시간이 주류를 이루고 늦으면 6시간이나 7시간까지도
더러 있다.

죽기 살기로 달리는 게 아니라 즐기면서 달리는 이른바 펀
런(Funrun)을 하기 때문이다.

그래서 대부분의 마라톤대회는 풀코스 제한시간을 6시간
정도로 하고 있다.

그렇기 때문에 북해도마라톤 풀코스 제한시간 4시간은 진
짜 실력 있는 마라토너들에게 반드시 도전해야 할 성지처럼
돼버렸다.

보통 마라톤대회는 풀코스가 제일 먼저 출발하고 나서 10분 간격을 두고 하프, 10㎞, 5㎞ 순서로 출발한다.

그런데 북해도마라톤대회는 반대로 하프, 10㎞, 5㎞가 오전에 다 치러지고 나서 정오가 지난 12시 10분에 풀코스가 출발하는 것 또한 타 대회와 다른 점이다.

오전 11시 무렵.

출발지인 마코마나이 운동장 밖은 풀코스에 참가하는 엘리트 선수들과 마스터즈들로 붐볐다.

8월 9일. 이곳 북해도는 위도상으로 한국보다 훨씬 높아서 서늘할 것을 예상했지만 대회 당일 오전 온도가 섭씨 28도까지 솟구쳤다.

이 대회에서는 마라톤 참가자 외에는 출발 장소인 운동장에 들어가지 못하기 때문에 참가자 대부분은 운동장 밖에서 최종 점검을 하느라 부산한 광경이다.

운동장에서 멀지 않은 주차장 한곳에 수백 명의 취재진이 진을 치고 있다.

취재진들은 한 대의 대형 버스를 20m쯤 밖에서 둥글게 에워싼 채 원을 형성하고 있다.

그들이 버스에 가깝게 접근하지 못하는 이유는 버스 주위를 10여 명의 경찰이 삼엄하게 지키고 있기 때문이다.

물론 일본 경찰이며 일본육상경기연맹에서 홋카이도 경찰청에 타라스포츠 육상팀을 호위해 달라고 요청했다.

　　일본육상경기연맹이 타라스포츠 육상팀에 무상으로 제공한 대형 리무진버스는 좌석 배치가 널찍해서 정원 20명 정도다.

　　다른 사람들은 앞쪽에 모여서 앉아 있는데 뒤쪽 자리에 태수와 민영이 나란히 앉아 있다.

　　"자신 있지?"

　　그것은 민영이 스스로에게 하는 물음이고 위로다.

　　이곳은 일본 적진 한복판인 것이다. 조사에 의하면 북해도마라톤대회 참가자의 90%가 일본인이라고 한다.

　　옛날 같으면 적국에 가서 이런 대회를 치렀다가 이기면 살아서 돌아가지 못할 것이다.

　　태수는 긴장한 기색이 역력한 데도 민영이 묻자 주먹으로 제 가슴을 쿵쿵 쳤다.

　　"오빠 한번 믿어봐."

　　여유 있다는 걸 증명하려고 유행가 가사를 흉내 냈다.

　　북해도마라톤대회는 출발 시간 40분 전에 운동장 입장을 허용하고 있으며, 또한 선수에 한해서만 입장시킨다. 그때까지는 아직 시간이 1시간 이상 남아 있다.

낮 12시 10분.

예상치 않게 한국과 일본, 그리고 전 세계 육상계에 비상한 관심을 받게 된 북해도마라톤대회의 출발 시간이다.

땅!

출발 총소리와 함께 배번호 '2'를 가슴에 단 태수가 선두에서 바닥을 박차고 튀어 나갔다.

탁탁탁탁—

기록상으로 태수는 이마이 마사토에 이어 2번째라서 '2번' 배번호를 배정받았다.

태수를 중심으로 손주열, 이마이 마사토, 가와우치 유키, 그리고 20여 명의 일본 선수가 큰 덩어리로 한데 뭉쳐서 선두 그룹을 형성하여 달리고 있는 모습이다.

그런데 일본 선수들이 태수와 손주열을 가운데 두고 포위를 한 상태에서 달리는 형국이다.

태수는 이번 대회를 앞두고 심윤복 감독, 손주열과 작전을 짜둔 게 있다.

태수와 손주열은 호주 골드코스트대회 이후 한 달 정도 강훈련을 했지만 최종적으로 점검을 했을 때 풀코스에서 태수는 2시간 10분대, 손주열은 2시간 17분대가 나왔었다.

그 기록은 태수와 손주열 최고기록에 비해서 각각 3분, 6분이나 늦은 것이다.

그런 형편없는 기록이 나온 이유는 매일 강훈련을 하느라 컨디션이 최악의 상태였기 때문이다.

그걸 모를 리 없는 심윤복 감독이지만 강훈련 후에 최종 점검을 하지 않고 넘어갈 수가 없었다. 그리고 그렇게 측정한 기록은 나름대로 자료로 사용된다.

테이퍼링을 충분히 하고 나면 기록이 좋아질 거라고 믿지만 얼마나 좋아질지는 예상할 수 없다. 대회 당일 날 컨디션에 따라서 기록이 좌우될 것이다.

태수, 손주열, 심윤복 감독이 짠 작전은 이렇다.

호주 골드코스트대회에서는 태수와 손주열이 뒤처졌다가 막판 스퍼트를 하여 전세를 뒤집었는데 이번에는 반대로 한다는 것이다.

초반부터 치고 나간다.

이마이 마사토나 가와우치 유키를 비롯한 수십 명의 일본 엘리트 선수를 모조리 상대하려면 아예 그들을 무시하는 방법이 좋다는 게 심윤복 감독의 작전이다.

태수도 그 작전에 100% 공감했다. 그래서 심윤복 감독이 짜준 틀에 자신의 구체적인 계획으로 내부를 채웠다.

호주 골드코스트마라톤대회에서 이마이 마사토와 가와우치 유키는 선두그룹을 형성한 2명의 케냐 선수들과 보조를 맞추어 7㎞ 지점에서부터 치고 나갔었다.

그런데 지금은 반대로 태수와 손주열이 출발하자마자 선두로 치고 나갔다.

그런데도 이마이 마사토와 가와우치 유키는 요지부동 꼼짝도 하지 않고 2위 그룹으로 쑥쑥 처졌다.

탁탁탁탁탁—

지금 태수와 손주열의 속도는 ㎞당 2분 56초, 풀코스 2시간 4분대 페이스다.

지난번 골드코스트마라톤대회 때 2명의 케냐 선수와 이마이 마사토들이 30㎞ 정도를 줄곧 달렸던 ㎞당 2분53~54초보다 2~3초 느리다.

그런데도 이마이 마사토와 가와우치 유키를 비롯한 일본 선수들은 태수와 손주열 뒤로 조금씩 처지면서도 따라오려고 하지 않았다.

태수가 봤을 때 이마이 마사토들은 ㎞당 3분대 속도인 것 같다.

이렇게 되면 호주 골드코스트마라톤대회 때와 서로의 입장이 바뀌었다.

태수와 손주열이 그 당시에 이마이 마사토들보다 ㎞당 2~3초 느리다는 것만 다를 뿐 다른 건 똑같다.

이 속도로 계속 가면 태수와 손주열은 2시간 4분대, 이마이 마사토들은 2시간 7분대다.

3분 차이, 거리로 치면 1㎞ 정도다.

그렇지만 이마이 마사토들은 골인 전 35㎞쯤에서 스퍼트할 가능성이 크다.

35㎞ 지점이라면 태수와 그들의 거리가 700m~800m쯤 될 것이다.

그리고 상대적으로 오버페이스를 한태수들의 속도는 떨어질 것이고, 반대로 꾸준히 이븐 페이스로 달린 이마이 마사토들은 힘이 남아 있으니까 충분히 태수들을 추월할 수 있다고 믿을 것이다.

일본팀의 작전은 충분히 그럴 듯하고 가능성도 있었다.

10km 지점.

주로는 삿포로시의 젖줄인 도요히라가와(豊平川) 강둑 위로 곧게 뻗은 아스팔트길이다.

탁탁탁탁—

"헉헉헉헉……"

"하아하아… 하아……"

10km 팻말이 나올 때 태수가 전방 선도차의 전자시계를 보니 29분 35초다.

그렇다면 여기까지 ㎞당 평균 2분 57초로 달렸다는 뜻이다.

태수는 뒤돌아보지 않았지만 손주열이 뒤돌아보고 나서 2위 그룹과의 거리가 300m쯤이라고 말해주었다.

이마이 마사토가 그 정도 거리를 따라잡자면 약 1분이 소요될 것이다.

그렇지만 따라잡는 동안 1위 그룹인 태수와 손주열이 가만히 서서 기다려 주지는 않을 것이다.

그러니까 2위 그룹이 1위 그룹을 따라잡자면 2가지 상황이 동시에 일어나야 가능하다.

1위 그룹이 오버페이스를 하여 속도가 현저히 늦어지는 것과, 2위 그룹이 스퍼트를 할 만큼 충분한 여력이 있어야만 하는 것이다.

그게 변수지만 아직까지 이마이 마사토가 이끌고 있는 2위 그룹은 묵묵히 따라오고만 있다.

태수와 손주열을 초청까지 한 일본팀으로서는 단단히 벼르고 있겠지만 아직까지는 날카로운 발톱을 드러내지 않고 있었다.

그런데 전혀 예상하지 못했던 일이 벌어졌다.

태수와 손주열이 형성하고 있는 1위 그룹에 2명의 불청객이 끼어들었다.

태수가 왼쪽, 손주열이 오른쪽에서 달리고 있는데 손주열 옆에 일본 선수 한 명이 나란히 달리고 있는 것이다.

중요한 것은 그가 이마이 마사토나 가와우치 유키가 아니라 전혀 다른 선수라는 사실이다.

말하자면 제3의 복병인 셈이다.

태수나 손주열하고 비슷한 나이에 1m 68㎝인 손주열보다는 조금 크고 태수보다는 조금 작은 키에 후리후리한 몸매를 지닌 제법 잘생긴 용모인 듯하지만 전형적인 일본인답게 옥에 티처럼 뻐드렁니가 튀어나온 얼굴이다.

뻐드렁니의 배번호가 27번이라는 것은 이 일본 청년이 일본 내에서 그다지 기록이 좋지 않고 또 유명하지 않다는 뜻이다.

그런데 27번 뻐드렁니가 오버페이스를 하고 있지 않다는 사실은 그의 숨소리가 거칠지 않으며 안정적이라는 것으로 알 수 있다.

27번의 숨소리는 태수보다는 조금 거칠지만 손주열보다는 훨씬 안정적이다.

그런데 미치고 팔짝 뛸 일이 하나 더 있다.

손주열 옆에 27번 일본 청년이 달리고 있다면, 태수 옆에는 어이없게도 여자 선수가 나란히 달리고 있는 중이다.

앳된 여자, 아니, 소녀처럼 보이는데 키가 1m 60㎝쯤 된다.

탁탁탁탁탁……

"헉헉헉헉……."

일본 소녀의 배번호는 15번이다. 일본 여자 선수 중에서 15번째의 기록이라는 뜻이다.

태수보다 키가 약 18㎝나 작고 가녀린 체구의 소녀지만 태수가 보기에도 마라톤을 하기에 매우 적합한 체형을 지녔다.

그렇다고 해도 태수가 두 걸음을 뗄 때 소녀는 다섯 걸음을 뛰어야 했다. 보폭이 그 정도로 차이가 났다.

그렇지만 태수는 일본 소녀의 달리는 모습을 보고는 감탄을 금하지 못했다.

심윤복 감독이 타라스포츠 육상팀에게 입이 닳도록 말하는 달리기 주법(走法)을 태수는 지금 이국(異國)의 어린 소녀에게서 보고 있는 중이다.

심윤복 감독이 이 일본 소녀의 달리는 모습을 봤다면 완벽한 주법이라고 엄지손가락을 치켜들었을 것이다.

태수는 아까부터 자꾸만 일본 소녀를 힐끔거렸다. 옆에서 누가 나란히 뛴다고 해서 자꾸 쳐다보는 태수가 아니지만, 일본 소녀의 달리는 폼이 너무 환상적이어서 본의 아니게 자꾸만 눈이 갔다.

마라톤에는 두 가지 주법이 있으며, 스트라이드주법과 피치주법이 그것이다.

스트라이드주법은 보폭을 자신의 키보다 넓게 뛰어 달리는 주법이고, 피치주법은 그 반대로 자신의 키보다 짧게 하는 대신 발의 움직임을 빨리하는 주법이다.

주로 키가 큰 서양인이나 케냐, 에티오피아 선수들은 스트라이드주법을 사용하고, 다리가 짧은 동양 선수들은 피치주법을 즐겨 사용한다.

그렇지만 태수는 스트라이드주법에 가까운 피치주법이다.

보폭이 키보다 넓지는 않지만 딱 키 정도의 보폭인데 그것은 피치주법을 사용하는 사람보다 20% 정도 긴 보폭이라고 할 수 있다.

그러면서 움직임을 빨리하는 피치주법을 병행하고 있어서 양쪽의 장점을 두루 채용한 주법이다.

심윤복 감독은 태수의 주법을 완벽에 80% 정도 가깝다고 말한 적이 있었다.

그런데 태수가 보기에 일본 소녀의 주법은 심윤복 감독이 늘 귀에 딱지가 앉도록 말하던 바로 그 주법을 그대로 사용하고 있다.

말하자면 심윤복 감독 마라톤의 교과서가 바로 일본 소녀인 것이다.

일단 일본 소녀는 스트라이드주법과 피치주법을 다 사용하고 있다.

즉, 보폭이 자신의 키보다 넓으면서도 다리가 보이지 않을 정도로 움직임이 아주 빠르다. 어떻게 그게 가능한지 모를 일이다.

더구나 달리는 동작이 물 흐르듯이 유유하다. 몸에 절대로 무리를 주지 않고 스무드하게 달린다.

착지할 때는 발뒤꿈치로부터 시작하여 발바닥에서 몸 전체를 지지하고, 그다음에는 새끼발가락으로 지면을 살짝 눌렀다가 엄지발가락으로 지면을 박차고 나간다.

착지 시에는 무릎을 조금 굽혀서 충격을 최대한 흡수하고, 발을 지면에 스치듯이 마치 질질 끄는 듯한 느낌으로 전방을 향해 이동시킨다.

발을 높게 들게 되면 그만큼 에너지 소모가 큰데 일본 소녀는 발바닥이 땅에 스칠 정도로 낮게 들어서 에너지 소모를 최소화했다.

팔 흔들기 또한 나무랄 데가 없다. 주먹은 달걀을 감싸듯 가볍게 쥐고 팔은 직각으로 구부려 어깨를 중심으로 앞뒤로 짧게 흔드는데 마치 노를 젓는 것 같다.

상체는 꼿꼿이 세우고 허리와 가슴을 폈다. 몸 전체의 무게 중심을 허리 위쪽에 두고 아주 편안하게 산책을 하듯이 달리고 있다.

퍼펙트. 그야말로 완벽한 주법이다. 여북하면 태수가 놀라서 일본 소녀를 보느라 정신이 없을 정도다.

태수는 이런 훌륭한 여자 선수하고 나란히 달린다는 사실이 껄끄럽지만 다른 한편으로는 즐거운 묘한 기분이 들었다.

어느 순간 태수는 퍼뜩 정신을 차렸다.

그리고 자신의 왼쪽 1m 거리에서 씩씩하게 달리는 일본 소녀가 조금씩 신경 쓰이기 시작했다.

남자 선수도 아닌 여자, 그것도 어린 일본 소녀가 ㎞당 2분 56~57분 페이스로 달리고 있는 태수하고 나란히 달린다는 사실이 믿어지지 않았다.

여자 마라톤 세계기록은 2003년 마라톤여제 영국의 폴라 레드클리프가 런던마라톤대회에서 세운 2시간 15분 25초로서 현재까지 12년 동안 깨지지 않고 있다.

그 당시 폴라 레드클리프는 ㎞당 3분 13초의 속도로 달려서 2시간 15분 25초 세계기록을 세웠었다.

그런데 태수 옆의 배번호 15번 일본 소녀는 지금 어이없게도 ㎞당 평균 속도 2분 56~57초로 10㎞까지 태수와 나란히 달리고 있는 것이다.

물론 태수가 봤을 때 일본 소녀는 100% 오버페이스가 분명하다.

일본 소녀의 거친 숨소리만 들어도 알 수 있다. 도대체 어째서 이 정도까지 오버페이스를 하는 것인지 모를 일이다.

그렇다고 해도 이처럼 자그만 체구의 여자가 이렇게까지 달릴 수 있다는 사실은 역시 놀라운 일이다.

여자는 신체구조상, 그리고 파워 부족으로 도저히 이 속도로는 이렇게 멀리 오랫동안 달릴 수가 없기 때문이다.

지금 일본 소녀가 달리고 있는 속도를 남자로 치면 km당 2분 30초대라고 할 수 있다.

아무리 태수라고 해도 km당 2분 30초 페이스로 5km 이상 달릴 수는 없을 것이다.

지난번에 그는 트레드밀에서 km당 2분 24초 페이스로 3km 달리고는 기진맥진 나가떨어졌었다.

그런데도 15번 일본 소녀는 10km 이상의 거리를 끄떡없이 따라오고 있는 것이다.

그렇다면 일본 소녀는 체력적으로 태수보다 훨씬 강하다는 뜻이다.

일본 소녀는 분명히 조만간 떨어져 나갈 것이다. 그녀가 끝까지 태수하고 나란히 달릴 수 있다면 그건 미라클이다. 전 세계가 발칵 뒤집힐 일이다.

그런데 문제는 과연 일본 소녀가 어디까지 따라오다가 언제 떨어져 나갈 것인가 라는 점이다.

그동안 육상과 마라톤에 대해서 나름대로 열심히 공부해 온 태수는 지금 현재로써도 15번 일본 소녀가 작은 기적을 일으키고 있다는 사실을 깨달았다.

조금 전에 봤던 선도차의 전자시계에 의하면 15번 일본 소녀의 10㎞, 즉 10,000m 기록은 29분 35초였다.

그것은 10,000m 세계기록 보유자 중국의 왕쥰샤가 1993년 9월 8일 베이징에서 세운 29분 31초 78에 겨우 4초 뒤지는 대단한 기록이다.

참고로 10,000m 일본 최고기록은 시부이 요코가 갖고 있는 30분 48초 89다.

그런데 15번 일본 소녀가 정식 10,000m 종목이 아닌 마라톤에서 10㎞ 29초 35분, 시부이 요코가 세운 기록보다 무려 1분 13초나 앞선 기록을 내고 있는 것이다.

이것 자체가 미라클이다. 모르긴 해도 지금 이 상황을 중계방송하고 있는 중계차에서는 이 작은 체구의 일본 소녀로 인해서 난리가 났을 것이다.

태수는 자기도 모르게 부지중 일본 소녀를 한 번 더 쳐다볼 수밖에 없었다.

때마침 일본 소녀도 태수를 보다가 눈이 마주치자 극도로 지친 기색이 역력한데도 빙긋 미소를 지어 보였다.

그런데 추호의 적의가 없는 아주 순수하고 해맑은 미소다.

"하악! 학학학……."

15㎞ 지점에서 마침내 15번 일본 소녀가 조금씩 뒤로 처지기 시작했다.

태수는 일본 소녀를 떨어뜨리기 위해서 속도를 높이지는 않았지만 조그만 그녀가 15㎞까지 평균 2분 56~57초의 속도로 따라왔다는 사실에 충격을 넘어서 오싹 소름까지 돋았다.

선도차의 전자시계는 43분 58초를 나타내고 있다.

그렇지만 손주열 옆의 27번 뻐드렁니 일본 선수는 여전히 떨어지지 않고 꿋꿋하게 따라오고 있는 중이다.

"한태수 씨!"

그런데 그때 태수는 뒤에서 여자 목소리가 나자 깜짝 놀랐다. 일본 땅에서 그것도 달리고 있는 주로에서 한국어로 그의 이름을 부를 사람은 민영뿐이다.

하지만 민영이 달리고 있는 태수 뒤에서 그를 부를 리 만무하다.

"학학학학… 꼭 우승해요!"

뒤에서 그 목소리가 또 외쳤다. 태수는 뒤돌아보지 않을 수가 없었다.

힐끗 뒤돌아보는 그를 향해 15번 일본 소녀가 몹시 지쳐 보이는 얼굴에 싱긋 환한 미소를 지어 보이며 오른손 주먹을 불끈 쥐어 보였다.

태수는 일본 소녀를 오래 보고 있을 수가 없어서 다시 앞을 보며 달렸지만 머릿속에는 그녀에 대한 생각으로 가득했다.

'도대체 누구지?'

태수가 알기로는 저렇게 잘 달리는 한국 여자 선수가 없으며 민영이나 심윤복 감독으로부터도 그런 여자 선수가 이번 대회에 참가한다는 말은 들은 적이 없었다.

손주열은 17㎞에서 뒤로 처지기 시작했다.

개인 풀코스 최고기록이 2시간 11분대인 손주열이 ㎞당 2분 56~57초 페이스로 처음부터 17㎞까지 따라왔으면 잘해준 것이다.

탁탁탁탁…

"헉헉헉… go! go! go!"

뒤에서 손주열이 태수를 향해서 숨 가쁘게 go!를 연발했다. 이런 상황에서 절친한 동료의 응원은 부쩍 힘이 된다.

이번 대회 손주열의 타겟은 여전히 가와우치 유키다. 손주열이 가와우치 유키를 2번 잡으면 일본의 영웅 시민 러너도 순순히 패배를 인정할 것이다.

20㎞ 급수대에서 오토바이를 타고 미리 달려와서 기다리고 있던 민영과 심윤복 감독이 태수를 맞이했다.

심윤복 감독은 잠자코 있는데 민영이 생수병을 내주면서 뒤를 가리키며 빠르게 말했다.

"오빠! 이마이하고 가와우치가 스퍼트했어!"

달리면서 생수병을 받은 태수는 힐끗 뒤돌아보고서 미간을 슬쩍 찌푸렸다.

지금쯤 최소한 400~500m쯤은 뒤처졌을 거라고 짐작했던 이마이 마사토와 가와우치 유키가 300m쯤 후미에서 뒤따르고 있는 모습이 보였다.

태수는 여전히 km당 2분 56~57초 페이스로 달리고 있다.

그렇다면 이마이와 가와우치는 그보다 빠른 속도로 치고 나온다는 얘기다.

너무 거리를 벌려놓으면 나중에 따라잡을 수 없으니까 거리를 좁히려는 것이거나 아니면 이쯤에서 태수를 추월하려는 의도가 분명하다.

태수는 잠시 갈등했다.

그렇다면 태수도 이쯤에서 중간 스퍼트를 하여 거리를 더 벌리느냐 아니면 지금 이 속도로 가다가 힘을 비축하여 나중에 막판 스퍼트를 하느냐.

그런데 태수가 달리면서 생수병을 벌컥벌컥 마시고 머리에 뿌리고 있는 사이에 나란히 달리고 있던 27번 일본 뻐드렁니 선수가 갑자기 앞으로 치고 나갔다.

아주 잠깐 사이에 뻐드렁니는 5m쯤 앞서더니 태수가 생수병을 버릴 때쯤엔 10m까지 앞서고 있었다.

'이것들 봐라?'

태수는 심사가 조금 뒤틀렸다. 자신이 처음에 구상했던 작전을 떠나서 추월당하고 바짝 뒤쫓김을 당하는 협살의 상황에 처하니까 인간적으로 기분이 나빠졌다.

이윽고 21.0975㎞ 반환점을 돌 때 맞은편에서 달려오고 있는 이마이와 가와우치는 250m까지 바짝 따라붙은 상황이 되었다.

태수는 냉정하려고 애썼다. 지금 이 상황에서 흥분하면 죽도 밥도 안 된다는 생각이 들었다.

심윤복 감독이 20㎞ 급수대에서 아무 말도 하지 않은 이유는 태수를 믿고 있으며 또 모든 걸 그에게 맡긴다는 뜻일 것이다.

태수는 줄곧 ㎞당 2분 56~57초 페이스로 가고 있는데, 뻐드렁니는 점점 멀어져서 지금은 50m까지 앞섰다.

하프 반환점까지 2분 56~57초 페이스로 달려와서 스퍼트를 할 기운이 남아 있다는 게 믿어지지 않는다.

그리고 이마이와 가와우치는 어느덧 200m 후미까지 따라붙고 있었다.

이 상태로 조금만 지나면 이마이와 가와우치까지 태수를 추월할 기세다.

태수는 일본 선수들이 무슨 작전을 구사하는지는 모르겠지만 뭔가 조짐이 좋지 않다는 것을 감지했다.

그때 번쩍 태수의 머리를 스치는 게 있다.

'뻐드렁니는 희생타다.'

야구에서 타석에 들어선 타자가 외야 깊숙이 희생플라이를 날리면 단단히 벼르고 있는 3루 주자, 그리고 2루의 주자까지도 홈에 달려 들어올 수 있다.

뻐드렁니는 희생플라이를 치는 타자고, 이마이와 가와우치는 3루와 2루에 나가 있는 주자다.

일본팀의 작전은 뻐드렁니로 태수를 어지럽히면서 견제하고 이마이와 가와우치가 그를 잡는다는 것일지 모른다는 생각이 들었다.

말하자면 뻐드렁니는 이마이와 가와우치의 페메인 것이다. 단지 나란히 달리는 페메가 아니라 앞서서 이끌며 적인 태수를 교란하는 게 임무일 것이다.

거기까지 짐작한 태수는 더 늦기 전에 결단을 내려야만 한다고 생각했다.

그때 미라클 일본 소녀가 태수에게 외쳤던 말이 귓전에서 맴돌았다.

"한태수 씨! 꼭 우승해요!"

"오빠가 어쩌려는 걸까요?"

오토바이를 타고 앞서가서 태수가 달려오는 광경을 바라보면서 민영이 걱정스러운 얼굴로 심윤복 감독에게 물었다.

"태수가 승부수를 던진 것 같군요."

"승부수라고요?"

심윤복 감독의 말에 민영은 뭔가 좋지 않은 불길한 느낌이 들었다.

"태수의 첫 번째 승부수일 거요."

민감해진 민영이 조금 짜증 섞인 목소리를 냈다.

"알기 쉽게 말해봐요."

"이쯤에서 치고 나가 일본 선수들하고 거리를 많이 벌려놓겠다는 작전이요."

"일본 선수들이 떨어지지 않고 아등바등 죽어라고 따라붙으면요?"

"그러면 태수는 무리하지 않을 거요."

"그걸 어떻게 알아요? 달리다가 누가 추월하려고 하면 지지 않으려는 게 인간의 본능이에요."

심윤복은 흐릿하게 미소 지었다.

"본부장께선 태수 훈련하는 걸 본 적이 있습니까?"

"없어요."

대답해 놓고 보니까 민영은 태수가 훈련을 하는 모습을 한 번도 본 적이 없다는 사실을 비로소 깨달았다.

"태수는 전형적인 냉정한 승부사요."

"승부사?"

심윤복 감독은 100m쯤 거리에서 달려오고 있는 태수를 응시했다.

"태수는 훈련할 때 철저하게 자기만의 페이스로 합니다."

"그게 뭐예요? 감독님의 말을 무시하고 자기 멋대로 한다는 뜻인가요?"

"그게 아니라 내가 내준 과제 안에서 자기만의 구체적인 작전을 세운다는 거요."

민영은 50m까지 달려오고 있는 태수를 보면서 고개를 끄떡이며 들었다.

"그러다가 틀렸다고 생각하면 태수는 그 즉시 작전을 수정해서 달려요. 그렇게 해서 비록 훈련일지라도 언제나 내가 원하는 것 이상의 결과를 냅니다. 그렇기 때문에 나는 태수를 믿고 있는 거요."

"아……."

심윤복 감독은 23km 팻말을 지나고 있는 태수를 향해 스피드건을 쏘고 나서 들여다보았다.

"몇이에요?"

"시속 21.46㎞입니다. ㎞당 2분 48초 페이스요."

쏜살같이 달려서 지나가는 태수 뒤쪽 500m쯤에서 뻐드렁
니와 이마이 마사토, 가와우치 유키가 한 덩이가 되어 따라오
고 있는 게 보였다.

"태수는 저 속도로 10㎞까지 달릴 수 있어요."

"그럼……."

"아까 하프 반환점까지 1시간 2분 걸렸고, 저 속도로 10㎞
를 가면 28분이 걸릴 테고, 31㎞ 지점에서 속도를 늦춰서 3분
페이스로 가면 33분이 걸립니다. 다 합치면……."

얼른 계산한 민영은 자기도 모르게 두 손을 맞잡고 눈을 동
그랗게 뜨며 기쁜 표정을 지었다.

"2시간 5분이에요!"

탁탁탁탁…….

"헉헉헉헉……."

태수는 30㎞ 급수대 조금 못 미치는 곳에서 러너스 하이가
찾아왔다.

'헉헉헉…….'

태수는 하프 반환점에서 스퍼트하여 줄곧 ㎞당 2분 48~49초

페이스로 달렸다.

심윤복 감독은 태수가 그 속도로 하프 반환점에서 10㎞까지, 즉 31㎞ 지점까지가 한계라고 민영에게 말했지만 태수는 33㎞까지, 아니, 최대한 가는 데까지 가볼 생각이다.

러너스 하이 다음에는 급격하게 기력이 무너지면서 여기저기 아픈 부위가 나타나기 시작한다.

'마의 벽'은 아니지만 그 전 단계로 초기증상이라고 할 수 있다.

그러나 문제는 달리고 있는 당사자가 자신이 러너스 하이에 빠졌다는 사실을 대부분 모른다는 사실에 있다.

그것을 자각할 정도면 대단한 정신력의 소유자이거나 수십 년 주력(走力)의 베테랑이다.

마라토너에게 러너스 하이가 찾아오면 그 즉시 과대망상에 빠진다.

다시 말해 대부분의 주자는 자신의 실력보다 훨씬 월등한 기록을 낼 것이라는 착각에 빠지고, 태수 같은 경우에는 자신이 세계 신기록으로 우승할 거라는 환상에 사로잡힌다.

이유는 하나, 러너스 하이가 찾아오면 뇌에서 분비되는 베타엔돌핀 때문에 컨디션이 엄청나게 좋아진 것 같은 착각에 빠지기 때문이다.

탁탁탁탁……

'최고다!'

러너스 하이에 빠져본 적이 몇 번 있는 태수지만 지금 자신이 러너스 하이에 빠졌다는 사실을 까맣게 모른 채 더욱 빠른 속도로 치고 나갔다.

오른쪽 주로변에 급수대가 나왔으나 그냥 지나쳤다.

마라톤 풀코스에서는 급수대에서 반드시 물이나 스포츠 음료를 보충해야만 하는데도 그는 전혀 갈증을 느끼지 않았으며 골인할 때까지 물을 마시지 않아도 충분히 견딜 수 있을 거라고 확신했다.

태수가 러너스 하이에 빠졌다는 사실을 제일 먼저 눈치챈 사람은 민영이다.

30㎞ 급수대에서 태수에게 주려고 특수 제조한 체내 흡수가 빠른 음료를 손에 쥐고 있던 민영은 태수가 급수대를 쳐다보지도 않고 지나치는 것을 보고 깜짝 놀랐다.

마라토너라면 이 지점에 이르면 어느 누구라도 극심한 갈증을 느끼게 마련이다.

그런데 태수는 물을 마시기는커녕 급수대를 쳐다보지도 않고 지나쳐 버렸다.

민영은 태수가 급수대를 매우 빠른 속도로 지나칠 뿐만 아니라 조금도 힘들어하지 않는 모습에 입가에는 흐릿한 미소까지 머금고 있는 것을 발견하고 가슴이 철렁 내려앉았다.

'러너스 하이다!'

민영은 태수에게 주려던 음료병을 집어 던지고 심윤복 감독을 재촉하여 부랴부랴 오토바이를 몰아 태수를 뒤쫓았다.

러너스 하이는 길어야 5분을 넘기지 못한다. 태수는 러너스 하이에 빠진 지 1분 남짓 되었을 때 양철북을 두드리는 듯한 날카로운 외침을 들었다.

"오빠—! 정신 차려! 러너스 하이야!"

태수는 외침이 들려온 방향을 힐끗 쳐다보았다.

심윤복 감독이 몰고 있는 오토바이 뒤에 탄 민영이 태수를 쳐다보면서 팔을 휘두르며 고함을 지르고 있다.

"한태수! 정신 차려! 멍청아! 러너스 하이라고—!"

"……!"

태수는 번쩍 정신이 들어 즉시 속도를 늦추었다.

그가 속도를 늦추어 달리면서 인도 쪽을 쳐다보자 민영이 악을 썼다.

"오빠! 지금부터 3분 페이스로 달리면 돼!"

태수는 고개를 끄떡이고 페이스를 조금 더 늦추어서 달려 나갔다.

아직도 최상의 컨디션이다. 즉 러너스 하이가 끝나지 않았다는 뜻이다.

러너스 하이가 무서운 이유는 그 상황에서 미친 듯이 폭주를 해서 러너스 하이가 끝나면 기진맥진하기 때문이다.

거기에 '마의 벽'까지 들이닥치면 그야말로 초주검이 되는 것이다.

만약 민영이 태수에게 러너스 하이를 일깨우지 않았더라면 그다음의 결과는 상상조차 하기 싫다.

심윤복 감독이 오토바이를 몰면서 혼잣말이라기에는 조금 큰 소리로 말했다.

"태수 저놈 러너스 하이 때 2분 30초 페이스였어."

"맙소사……."

민영은 아연실색했다. km당 2분 30초 페이스면 시속 24km이며, 10km를 25분에 주파하고, 풀코스를 1시간 45분 30초에 골인할 수 있는 엄청난 속도다.

만약 민영이 태수의 러너스 하이를 알아차리지 못했다면 참혹한 결과를 불러올 뻔했다.

민영은 태수더러 3분 페이스로 달리라고 말했지만 태수는 그럴 수가 없었다.

아직 '마의 벽'이 남아 있기 때문이다. 언제 '마의 벽'이 들이 닥칠지 모르는 상황이기에 그전까지 최대한 빨리 많은 거리를 가고 싶은 것이다.

그래서 그는 러너스 하이가 지속되는 동안만 3분 페이스로 달렸다. 오버페이스를 자제하려는 것이다.

그리고 러너스 하이가 끝나기를 기다렸다가 페이스를 km당 2분 50초로 올릴 때 팻말을 보니 33km다.

선도차의 전자시계는 1시간 37분. 재빨리 계산해 보니까 여태까지 평균 km당 2분 55초 페이스로 달렸다.

하프 반환점까지는 줄곧 km당 2분 56~57초를 유지했었는데 뻐드렁니와 이마이 등의 변칙 행동에 대응하려고 속도를 높여서 10km 정도를 2분 50초의 속도로 달린 결과다.

사실 원래 계획대로 하자면 이곳 33km 지점에서도 계속 2분 56초 페이스를 유지하다가 '마의 벽'에 부닥치면 속도를 늦춰서 3분 5초의 페이스로 컨디션을 조절하면서 '마의 벽'을 돌파하려고 했었다.

이후 컨디션이 살아나면 다시 페이스를 3분으로 올리고 그렇지 않으면 계속 3분 5초로 간다는 작전이었다.

말하자면 35km 이상까지 최대한 빠른 속도로 달려서 시간을 벌자는 것이었다.

'다행이다……'

태수는 38km 지점까지 '마의 벽'이 찾아오지 않았다.

선도차의 시계는 1시간 54분 30초를 나타내고 있다.

'1시간 54분이다.'

그는 속으로 중얼거리면서 지금까지의 페이스로 선도차 뒤를 따라 달렸다.

호흡은 그다지 가쁘지 않았고 다리도 무겁지 않으며 두통이나 구토 증세도 없다.

누구에게나 찾아온다는 '마의 벽'이 오늘 만큼은 태수를 비껴간 것은 어쩌면 몸서리쳐질 정도의 강훈련 덕분인 것 같았다.

기분이… 그리고 달리는 것이 너무도 평온하다.

마라톤을 하면서 그리고 풀코스 38㎞ 지점에서 이런 평온한 기분을 느끼는 것은 처음인 것 같다.

"오빠!"

오른쪽 인도에서 민영의 외침이 들려 태수는 여유 있는 표정으로 쳐다보았다.

심윤복 감독이 모는 오토바이 뒤꽁무니에 탄 민영이 다급하게 외쳤다.

"오빠! 선도차 시간 봐!"

'보고 있다, 인마.'

태수는 1시간 54분 59초에서 55분으로 넘어가고 있는 선도차의 시계를 보며 속으로 중얼거렸다.

"오빠 지금 3분 15초 페이스야! 시속 18㎞라구!"

민영의 외침에 태수는 움찔했다.

"······?"

"뭐하는 거야? 오빠 지금 마의 벽이야?"

"······."

민영의 외침을 듣는 순간 태수는 머릿속으로 세찬 파도가 휩쓸고 지나는 느낌을 받았다.

투타타타탓—

지금까지 느끼지 못했던 머리 위 높은 곳의 중계방송 헬기의 소리가 고막을 먹먹하게 만들었다.

'이런······.'

어이없게도 태수는 자기도 모르는 사이에 '마의 벽'에 빠져 있었던 것이다.

민영은 스피드건을 갖고 있으므로 태수의 달리는 모습을 찍으면 속도와 페이스가 즉시 나온다.

속도가 ㎞당 3분 15초로 떨어졌다는 것은 그가 분명히 '마의 벽'에 부닥쳤다는 뜻이다.

그런데도 그는 전혀 느끼지 못했다. 그가 익히 알고 있는 '마의 벽'은 몸이 아프고 햄스트링이나 다리에 쥐나 경련이 일어나며, 심각한 두통과 구토 증세 같은 현상들인데 그런 게 전혀 없었다.

오히려 달리는 게 상쾌할 정도로 편안했었다. 그런데 그게 바로 '마의 벽'의 함정이었다. 단지 그가 그런 사실을 조금도 느끼지 못했을 뿐이다.

몸은 '마의 벽'에 빠졌는데 마취된 것처럼 그는 아무것도 느끼지 못했던 것이다.

그런데 태수의 오른쪽에서 나란히 같은 속도로 달리는 오토바이 뒷자리에 타고 촬영을 하던 일본 방송사의 카메라맨이 갑자기 태수의 뒤쪽으로 카메라 방향을 돌렸다.

그와 동시에 태수의 왼쪽에서 다급한 외침이 터졌다.

"한태수 씨! 뒤를 봐요!"

태수는 뒤를 보기에 앞서 외침이 들려온 왼쪽을 쳐다보았다.

거기에는 한국에서 원정 중계방송을 온 MBC 차동혁이 오토바이 뒷자리에 앉아서 카메라를 메고 있다가 태수를 보며 다급하게 외쳤다.

"뒤에 이마이 마사토가 바짝 붙었습니다!"

차동혁의 말이 끝나기도 전에 태수는 다급히 뒤돌아보았다.

'어느새……'

태수의 얼굴이 보기 싫게 일그러졌다.

불과 10m쯤 뒤에서 이마이 마사토와 뻐드렁니가 각축을 벌이면서 맹추격을 하고 있었기 때문이다. 그 뒤로는 아무도 보이지 않았다.

태수가 도대체 얼마 동안이나 '마의 벽'에 갇혀 있었던 것인지 그사이에 이마이와 삐드렁니가 뒤꽁무니까지 추격을 해온 것이다.

어쩌면 저것이 일본팀의 작전이었을지도 모른다.

그러나 문제는 현재 '마의 벽'에 부닥쳐 컨디션 난조에 빠진 태수가 속도를 더 올릴 수 있는가 하는 것이다.

이제 남은 거리는 불과 4km다. 거기에서 승부가 난다. 그러니까 지금 이마이와 삐드렁니에게 추월당하면 결코 그들을 다시 추월할 수는 없을 것이다.

탁탁탁탁…….

"헉헉헉헉……."

태수는 속도를 높였다. 아니, 속도를 높이려고 부지런히 두 팔과 두 다리를 움직였지만 그가 의도한 대로 정말 속도가 높아지고 있는지는 알 수가 없다.

km당 어느 정도 페이스로 달리고 있는지 선도차의 시계를 볼 여유조차도 없다.

태수는 고개를 뒤로 돌렸다. 불안해서 자기도 모르게 자꾸만 고개가 돌아가는 것이다.

태수의 얼굴이 해쓱해졌다.

방금 전까지 이마이하고의 거리가 10m였는데 지금은 5m로 좁혀졌다.

태수는 자신이 여전히 '마의 벽'에 갇혀 있으며 속도가 올라가지 않는다는 사실을 깨닫고 마음이 불에 달군 후라이팬처럼 조급해졌다.

인도의 민영과 심윤복 감독을 쳐다보았다. 오토바이를 타고 가는 두 사람의 안타까운 표정만 오버랩될 뿐이지 두 사람으로서도 명쾌한 해결책을 내놓지 못했다.

태수는 철저하게 혼자라는 사실을 뼈저리게 느꼈다. 원래 마라톤이라는 게 혼자만의 고독한 전쟁이지만, 지금 같은 상황에서는 더더욱 완벽하게 혼자다.

얼음물에 깊숙이 빠져드는 것 같은 고독이 고요한 침묵과 함께 찾아들었다.

문득 태수는 지금 느끼는 고독이 매우 친숙하다는 생각이 들었다.

고향과 가족을 떠난 직후부터 세례명처럼 항상 그의 곁에 머물렀던 고독 바로 그것이었다.

혼자라는 외로움, 가난하다는 소외감, 남들보다 잘난 게 없다는 열등감.

그래서 그는 항상 의기소침했었으며 매사에 의욕이 없고 단호하지 못하며 우유부단한 성격이 되고 말았었다.

태수는 그때의 그 고독을 북해도마라톤 4km 남겨둔 이 지점에서 또다시 절절하게 느끼고 있다.

그리고 이 고독을 지금의 이 난관을 이겨내지 못하면 다시
예전의 무능력한 한태수로 되돌아갈 것만 같은 공포를 느꼈
다.

  탁탁탁탁······.

  "하악! 하악! 하악!"

  "학학학학······."

  그때 태수의 왼쪽으로 이마이 마사토. 그리고 5m쯤 뒤에서
뻐드렁니가 차례로 추월하기 시작했다.

  "오빠―!"

  민영의 처절한 외침이 들려왔지만 태수로선 어쩔 도리가 없
이 그걸 지켜보고만 있어야 했다. 지켜보는 그의 심정이 민영
이보다 더 찢어졌다.

  탁탁탁탁탁······.

  태수는 지금 전력을 다해서 달리고 있는데 어째서 속도가
오르지 않는지 모를 일이다.

  "오빠! 지금 시속 19.35km야!"

  태수에게 스피드건을 쏴본 민영이 안타깝게 외쳤다.

  시속 19.35km면 대략 km당 3분 6초의 속도다. 조금 전 '마의
벽'에 들었을 때 3분 15초에서 기를 쓰고 속도를 높였다는 게
겨우 9초 당겼을 뿐이다.

  태수로선 도대체 뭐가 문제인지 모르겠다. 컨디션이 나쁘지

도 않고 아픈 데도 없는데도 속도가 나지 않는다.

어디가 어떻게 아프다는 걸 느낀다면 조치를 취할 텐데 아무렇지도 않으니까 더 미칠 노릇이다.

이마이 마사토와 뻐드렁니는 벌써 30m쯤 전방에서 힘차게 앞서 달리고 있다.

그걸 쳐다보는 태수는 속이 뒤집힐 만큼 안타까울 뿐이다.

이제는 이마이 마사토 전방으로 옮겨간 선도차의 거리 표시는 39.3㎞를 가리키고 있다.

남은 거리는 불과 2.895㎞뿐이다.

민영이와 심윤복 감독이 일본의 북해도마라톤대회 초청을 무시하자고 한 걸 태수 자기가 부득부득 고집을 부려서 온 게 이제야 후회가 됐다.

민영이와 심윤복 감독의 말을 들었다면 한동안 명목상으로나마 한국 마라톤이 일본 마라톤을 앞서가게 됐을 것이다.

그리고 일본팀에게 이런 식의 통쾌한 설욕 따윈 주지 않아도 됐을 것이다.

이제 잠시 후면 일본은 온 나라가 한국에 설욕했다고 기뻐 날뛸 테고, 반대로 한국은 슬픔에 빠질 것이다.

마라톤의 결과는 미리 내다볼 수 없는 것인데도, 태수는 차마 거기까지는 생각이 미치지 못했었다.

미숙했다. 아니, 미숙한 정도가 아니라 한 치 앞도 내다보지 못한 저능아였음을 깨달았다.

이 대회에서 일본에 패하면 태수는 대한민국 땅에서 고개를 들고 다니지 못할 것이다.

'난 도대체 어떻게 돼먹은 놈이란 말인가…….'

25살이면 질풍노도의 시기 한가운데다. 모든 면에서 철없고 우왕좌왕하는 아직 미완(未完)의 나이지만, 그럼에도 불구하고 태수는 지금의 자기가 또래들보다도 훨씬 모자라고 덤벙거린다는 사실을 깨달았다.

그런 중에도 이마이와 뻐드렁니는 점점 멀어져서 50m 이상 벌어지고 있다.

선도차는 당연히 이마이와 뻐드렁니 앞쪽에 있고, 여태까지 태수를 촬영하고 중계했던 일본의 중계차들도 모조리 이마이와 뻐드렁니에게 들러붙어 촬영하고 있다.

연도의 일본인들은 미친 듯이 환호하고 있으며, 지금껏 스포트라이트를 한 몸에 받았던 태수는 모두의 관심에서 빠르게 멀어지고 있다.

태수는 도움을 바라듯이 인도에서 오토바이를 타고 나란히 달리고 있는 민영과 심윤복 감독을 쳐다보았지만 두 사람은 도대체 왜 그러냐고 고함을 지를 뿐이다.

경험이 많은 심윤복 감독이라고 해도 태수를 속속들이 알고 있을 수는 없는 것이다.

이제 2.5㎞ 남짓 남은 거리에서 이마이와 뻐드렁니는 70m 까지 멀어졌다.

태수는 포기하고 싶다는 생각이 들었다. 그러자 속도가 조금씩 떨어졌다.

탁탁탁탁…….

"……!"

그때 태수는 막 내디딘 오른발이 시큰거리는 것을 느꼈다.

일반적으로 발이 시큰거리는 것은 기분 나쁜 느낌이지만 방금 태수는 반대로 상쾌한 기분을 느꼈다.

다시 말해서 방금 느낀 고통이 오히려 신선한 충격을 던져 준 것이다.

지금까지는 마취를 당한 것 같았었는데 오른발에서 시작된 하나의 작은 고통이 그가 마취당했다는 사실을 일깨워 주고 있었다.

'혹시…….'

그리고 그 오른발의 시큰거림이 태수에게 어떤 한 가지 가능성을 가르쳐 주었다.

그는 달리면서 발을 앞으로 쭉쭉 펴면서 발끝으로 앞쪽에 있는 무언가를 차는 시늉을 했다.

그러면서 두 팔도 아래로 쭉 뻗었다가 등 뒤로 돌려서 깍지를 끼고 아래로 쭉 잡아당겼다.

그랬더니 거짓말처럼 온몸 구석구석에서 극심한 고통들이 와르르 깨어났다.

발목, 장딴지, 햄스트링, 허리, 등허리, 어깨 아프지 않은 곳이 없을 정도로 갑자기 온몸이 지끈거리고 마구 쑤셔댔다.

'됐다……!'

그런데도 태수는 오히려 반색했다.

지금까지 그를 괴롭혔던 '마의 벽'은 그의 몸을 마비시켰던 것이다.

그래서 고통을 전혀 느끼지 못했으며 속도도 올리지 못했던 것이다.

그의 온몸의 고통을 '마의 벽'이 완벽하게 은폐시켰었다. 그것을 태수가 다시 기적적으로 일깨웠다.

오른발의 시큰거림이 없었다면 그는 지금까지도 '마의 벽'이 전가한 마취에서 깨어나지 못했을 것이다.

온몸에서 아프지 않은 부위가 한 군데도 없을 정도로 고통스러웠다.

그런데도 그 고통이 기뻤다. 기분 좋은 고통이다. 태수는 '마의 벽'을 스스로 깨뜨렸다.

'가자!'

타타타타타ㅡ

태수는 100m 앞에서 달려가고 있는 이마이 마사토와 삐드렁니를 향해 맹렬하게 돌진했다.

"감독님! 오빠 봐요!"

"보고 있습니다!"

한 손으로 심윤복 감독의 어깨를 붙잡은 민영이 울면서 태수를 가리키자 심윤복 감독은 힘껏 고개를 끄떡였다.

두 사람의 시선이 향해 있는 주로에는 태수가 힘차게 질주하고 있었다.

민영은 원래 강단 있고 활달한 성격이라서 잘 울지 않는데 태수를 만나고 나서는, 특히 그의 경기를 볼 때면 울보가 된 것처럼 눈물이 마를 새가 없다.

심윤복 감독은 태수 전방 50m에서 달리고 있는 이마이 마사토와 뻐드렁니를 보면서 환한 미소를 지었다.

"태수가 저 페이스로 피니시까지 간다면 충분히 잡을 수 있습니다!"

"오빠……."

민영은 감격의 눈물이 폭포처럼 쏟아지는 데도 아랑곳하지 않고 태수에게서 시선을 떼지 못했다.

출발 때부터 수십 대의 오토바이가 민영을 앞서거니 뒤서거니 따르면서 열띤 취재 경쟁을 벌이고 있었다.

지금 취재진들은 아프로디테의 보컬 이민영이 연인 태수를 바라보면서 하염없이 눈물 흘리는 장면을 향해 미친 듯이 카메라를 찍어댔다.

　연도에서 응원하는 일본인들이 괴성을 지르면서 발악을 하고 있었다.

　태수가 이마이 마사토와 뻐드렁니 10m 뒤에서 무서운 속도로 달려오고 있기 때문이다.

　이마이 마사토와 뻐드렁니 전방의 선도차에는 거리 표시가 41.1㎞이고 시간은 2시간 3분 23초를 나타내고 있다.

　여기까지 오는 데 ㎞당 3분 01초 페이스였다는 것이다.

　그렇지만 현재 이마이 마사토와 뻐드렁니의 ㎞당 속도는 3분 20초 이하로 뚝 떨어진 상태다. 태수를 상대로 지나치게 오버 페이스를 한 결과다.

　이마이 마사토와 뻐드렁니가 교대로 자꾸만 태수를 뒤돌아보는데 두 사람 얼굴에는 고통과 놀라움, 안타까움이 진득하게 묻어 있다.

　'비켜라!'

　태수는 속으로 우렁차게 외치면서 이마이 마사토의 왼편으로 힘차게 성큼성큼 스쳐 지나갔다.

　탁탁탁탁—

"아하하하! 오빠 봐요! 감독님! 웃고 있어요!"

민영이 이마이 마사토를 추월하고 있는 태수를 보면서 심윤복 감독의 어깨를 마구 두드렸다.

심윤복 감독은 이마이 마사토 앞쪽으로 쭉쭉 치고 나가는 태수를 보면서 흐뭇하게 웃었다.

"저놈 때문에 수명이 10년은 준 것 같습니다!"

끼익!

심윤복 감독은 갑자기 오토바이를 멈췄다.

"왜 그래요?"

민영이 한쪽 발로 땅을 디디며 의아한 듯 물었다.

"한 가지 물어봅시다."

심윤복 감독은 상체를 비틀어 민영을 보면서 진지한 표정을 지었다.

"뭔데 그래요? 나중에 물어보면 안 돼요?"

민영은 멀어지고 있는 태수를 보면서 초조하게 물었다.

"안 됩니다."

"그럼 빨리 물어봐요!"

"본부장님 태수 사랑합니까?"

불문곡직하고 핵심을 찔렀다.

"……"

민영은 순간적으로 움찔했다.

심윤복 감독은 엄숙하게 말했다.

"장난하는 거라면 태수 그냥 놔두십시오."

민영은 심윤복 감독을 차갑게 쏘아보다가 냉랭한 목소리로 대답했다.

"태수 오빠를 사랑해요. 이제 됐어요?"

"정말입니까?"

심윤복 감독의 눈이 날카로워졌다.

"정말이에요. 나는 거짓말 같은 거 안 해요."

그녀는 조금 전보다 더 멀어진 태수를 바라보며 초조한 표정을 지었다.

"어서 가요. 만약 태수 오빠 골인하기 전에 피니시에 도착하지 못하면 감독님 해고예요."

탁탁탁탁······.

"헉헉헉헉······."

태수는 마지막 스퍼트를 하여 ㎞당 2분 45초의 속도로 피니시라인을 향해 질풍처럼 대쉬했다.

이마이 마사토와 뻐드렁니는 300m 이상 멀찌감치 떨어뜨려놓고 단독 질주다.

온몸이 아프지 않은 곳이 없고 숨이 턱까지 찼지만 '마의 벽'을 넘어선 상태라서 견딜 만했다.

피니시라인의 테이프까진 50m쯤 남았는데 양쪽 연도에 늘어선 수많은 사람 중에서 1위로 골인하는 태수를 향해 박수를 치는 사람은 거의 없다. 그저 냉담한 얼굴로 쳐다보고 있을 뿐이다.

그렇다고 해도 태수는 기분이 나쁘지 않았다. 저런 행동이 일본인들의 처절한 통곡이라고 생각하기 때문이다.

대신 피니시라인 너머에서 민영과 심윤복 감독을 비롯한 타라스포츠 사람 수십 명이 태수를 향해 열렬한 박수를 보내주고 있었다.

"와아아―!"

짝짝짝짝―

언제 준비했는지 타라스포츠 마스코트 복장의 늘씬한 아가씨 다섯 명이 일렬로 늘어서서 금빛 반짝이는 트럼펫을 입에 대고 팡파르를 불어주고 있다.

탁탁탁탁―

"헉헉헉헉……."

태수는 골인하기 직전 아치 위의 시계가 2시간 6분 12초를 나타내는 것을 보았다.

제12장
드림팀*(Dream Team)*

태수가 1위로 달려 들어오는 감격스러운 광경을 보면서 민영은 또다시 폭풍 같은 눈물을 흘릴 수밖에 없었다.

　　조금 전까지만 해도 민영은 태수가 1위를 할 가능성은 1%도 없다고 절망에 빠졌었다.

　　그런데 어떻게 해서 저 사내는 매번 마라톤대회에 출전할 때마다 이런 식으로 애간장을 다 녹이다가 우승하는 건지 알다가도 모를 일이다.

　　태수가 하프마라톤 세계 신기록을 세우면서 1위로 골인했던 포천38선하프마라톤대회나, 호주 골드코스트마라톤대회에서 민영은 울고 싶어서 운 게 아니고 태수 품으로 뛰어들고 싶어서 뛰어든 게 아니었다.

태수가 너무도 가슴 조이는 아슬아슬한 상황을 만들면서 극적으로 1위를 하며 골인하니까 감격하고 흥분하지 않을 수가 없었던 것이다.

그리고 이번 북해도마라톤대회에서도 태수는 어김없이 한 편의 드라마와 같은 승부를 보여주면서 3번째 기적을 만들었다.

그런 과정을 지켜봐 온 민영으로서는 그냥 저절로 눈물이 터져 버렸다.

민영은 태수가 테이프를 끊자 울음을 터뜨리면서 뛰어갔다.

"오빠—!"

"학학학학……."

기진맥진한 태수는 민영의 품에 쓰러지듯이 안겼다.

민영에게 이상한 행동을 하지 말라고 엄포를 놓았지만 이건 이상한 행동이라고 할 수 없다.

어디까지나 이건 자연스럽게 굳어버린 태수와 민영의 우승 세리머니 같은 것이다.

피니시라인 안쪽에 모여 있던 수백 대의 카메라플래시가 일제히 번쩍였다.

태수는 민영의 품에서 벗어나 그 자리에서 허리를 구부리고 두 손으로 무릎을 짚은 자세로 잠시 호흡을 골랐다.

"하아아… 하아아……."

민영이 대견한 듯이 태수의 등을 쓰다듬으면서 기쁨을 감추지 못했다.

"오빠 기록 얼만지 알아?"

웬만큼 호흡이 가라앉은 태수가 허리를 펴면서 대답했다.

"2시간 6분 12초."

"아시아 신기록이야."

"……."

태수가 뜨악한 표정을 짓는데 심윤복 감독이 빙그레 미소 지으면서 그의 어깨를 다독였다.

"허허허… 아시아 신기록 맞다."

심윤복 감독은 가슴이 터질 것처럼 벅차지만 그저 허허! 웃는 것으로 표현을 대신했다.

"2002년에 일본의 다카오카 도시나리가 시카고마라톤에서 세운 아시아 신기록이 2시간 6분 16초였다. 그걸 태수 네가 4초 경신한 거다."

심윤복 감독은 국내에서 몇 손가락 안에 꼽힐 만큼 경험 많고 유능한 육상 지도자다.

그렇지만 그가 지도한 선수가 아시아 신기록을 낸 것은 이번이 처음이다.

지금껏 그가 가르친 선수의 최고 성적은 아시안게임 육상 400m 계주 동메달 하나, 마라톤 은메달 하나가 전부였으며 그것도 10여 년 전의 일이었다.

올림픽이나 세계육상선수권대회 같은 메이저대회에서는 모조리 예선 탈락해서 한 번도 본선에 나가본 적조차 없는 비운의 감독이었다.

아니, 심윤복 감독뿐만 아니라 대한민국 육상 감독치고 올림픽이나 세계육상선수권대회 본선에 나가본 감독이 몇이나 되겠는가.

아마도 찾아보면 한두 명쯤 있을 터이다. 그것도 비인기 종목인 여자 장대높이뛰기나 삼단멀리뛰기로 아슬아슬하게 본선 티켓을 딴 경우다.

심윤복 감독은 아시안게임에서의 은메달 하나와 동메달 하나만으로도 대한민국 육상 지도자로서 많은 사람의 존경을 받아왔었다.

심윤복 감독은 태수가 호주 골드코스트마라톤대회에서 우승했을 때 운이 많이 따라주었다고 생각했었다.

그러나 오늘 분명히 깨달았다.

태수가 우승하는 것은 운이 아니라 순전히 실력이라는 사실을.

"태수야, 수고했다."

민영이 땀을 닦아주고 있는 태수의 어깨를 심윤복 감독이 두드려 주었다.

　태수는 땀을 닦는 민영의 손을 옆으로 치우고는 똑바로 섰다가 심윤복 감독에게 꾸벅 허리를 굽혔다.

　"감사합니다, 감독님."

　파파파파팟—

　기다렸다는 듯이 수백 대의 카메라플래시가 터졌다.

　"어……."

　심윤복 감독은 설마 태수가 아시아 신기록을 세울 줄은 몰랐었지만 이렇게 허리까지 굽히면서 인사를 할 줄은 더욱 몰랐었다.

　심윤복 감독은 너무 행복해서 평생 한 번도 해보지 않은 지금 당장 죽어도 여한이 없다는 생각을 해보았다.

　태수는 두 팔을 벌리며 심윤복 감독을 품에 안았다.

　"감독님 아니었으면 불가능했을 겁니다."

　"태수 너 이놈……."

　심윤복 감독은 울음이 터질 것 같아서 말을 잇지 못했다.

　골인 지점인 삿포로시 나카지마(中島)공원 피니시라인은 온통 북해도마라톤대회 후원업체인 아식스 로고와 물품, 홍보로 도배를 해놓았다.

그 속에서 타라스포츠도 질세라 부스를 최대한 잘 꾸며놓았으며 민영은 태수를 이끌고 그곳으로 향했다.

"잘했어, 태수야. 이리 누워."

민영과 나란히 걸어오는 태수에게 윤미소가 리무진버스 옆 그늘에 깔아놓은 푹신한 매트를 가리켰다. 그곳에는 타라스포츠 마사지사가 대기하고 있었다.

태수의 정식 매니저 신분인 윤미소는 민영이 보는 데서도 거리낌 없이 태수 이름을 불렀다.

"잠깐."

태수는 피니시라인으로 걸어갔다. 이마이 마사토와 뻐드렁니가 들어오는 모습을 보려는 것이다.

피니시라인 너머는 50m 정도 직선주로였으며 그 끝에서 공원 입구 방향으로 꺾어지기 때문에 태수 쪽에서는 50m 거리만 보였다.

그곳에는 아직 이마이 마사토나 뻐드렁니의 모습이 나타나지 않았다.

골인 아치의 전자시계는 2시간 7분을 막 넘기고 있었다.

태수가 민영이 건네준 생수병을 한껏 들이켜고 있을 때 민영이 말했다.

"이마이가 와."

이마이 마사토는 1위가 아닌데도 2대의 경찰싸이카가 앞에서 이끌고 양쪽에서는 여러 대의 중계차와 오토바이들이 촬영을 하느라 요란했다.

일본에서 열리는 마라톤대회에 출전한 일본 최고엘리트 선수에 대한 과잉 관심의 한 단면이다.

일본 선수가 세운 아시아 신기록을 경신하면서 1위로 골인한 태수보다도 일본 선수라는 이유만으로 2위에게 더 많은 관심을 쏟는 것은 과연 일본다운 사고방식이다.

태수가 지켜보는 가운데 이마이 마사토는 피니시라인을 통과하자마자 바닥에 벌렁 누워서 가쁜 숨을 애처롭게 헐떡거렸다.

"헉헉헉헉……."

아치의 전자시계는 2시간 7분 28초다.

이마이 마사토는 자신의 최고기록인 2시간 7분 39초를 11초 경신했다.

그것으로 한 가지 사실은 명백해졌다.

이번 북해도마라톤대회에서 이마이 마사토는 최선을 다했다. 자신의 기록을 경신한 것이 그것을 말해준다.

그리고 최선을 다한 이마이 마사토를 태수가 아시아 신기록을 경신하면서 꺾었다.

태수는 한 번의 대회에서 2개의 기록을 세우면서 일본을 격침시켰다.

이마이 마사토나 일본으로선 입이 백 개라도 패배를 인정할 수밖에 없을 것이다.

태수는 이마이 마사토에게 수많은 카메라플래시가 터지는 광경을 뒤로하고 늠름하게 타라스포츠 부스로 돌아왔다.

매트에 누워서 타라스포츠 전속 마사지사의 마사지를 받다가 태수는 문득 생각나는 게 있어서 옆에 있는 심윤복 감독에게 물었다.

"감독님, 일본 선수 중에 15번 여자 선수를 보셨습니까?"

"봤다."

"어땠습니까?"

15번 일본 소녀는 15km 지점까지 km당 2분 56~57초 페이스로 줄곧 태수와 나란히 달려서 그를 놀라게 만들었었다.

뿐만 아니라 그녀는 태수에게 꼭 우승하라고 큰 소리로 응원했었다.

"대단한 아이더군. 한데 그 아이에 대한 자료가 없다."

"한번 알아봐 주십시오."

"알았다."

잠시 후 27번 일본 선수 뻐드렁니, 즉 니시무라 신지가 2시간 8분 44초의 기록으로 3위를 했으며, 손주열은 자신의 기록을 23초 경신한 2시간 10분 49초로 4위 골인했다.

일본의 시민 러너 가와우치 유키는 오버페이스를 하여 2시간 12분대로 7위에 그쳤다.

다음 날. 일본을 떠나는 공항으로 향하는 리무진버스 안에서 심윤복 감독이 태수에게 알려주었다.

"15번 일본 여자 선수 이름은 신나라, 나이는 20살, 고향은 오사카, 재일동포 4세다."

"그래서 한국어를 할 줄 아는군요."

태수는 고개를 끄떡였다.

"기록은 어땠습니까?"

"2시간 29분 17초로 여자부문 3위했다."

태수가 짐작했던 대로 그녀는 오버페이스를 했던 게 틀림없는 것 같다.

그러지 않고서는 15㎞ 지점까지 43분대로 쫓아왔던 그녀가 한국 마라톤 엘리트 여자 선수보다 못한 2시간 29분 기록을 낼 수가 없다.

태수는 신나라가 같은 동포였다는 사실을 알고 나니까 그녀가 좋은 성적을 거두지 못한 게 아쉬웠다.

그렇지만 신나라가 이번 대회에서 10㎞까지 29분 35초의 경이로운 기록으로 달렸다는 사실이 알려졌을 테니까 일본육상경기연맹이 그녀를 내버려 두지 않을 것이다.

신나라의 10㎞ 기록은 10,000m 세계기록 보유자 중국의 왕쥰샤가 1993년 9월 8일 베이징에서 세운 29분 31초 78에 겨우 4초 뒤지는 대단한 기록이다.

또한 시부이 요코가 갖고 있는 10,000m 일본 최고기록 30분 48초 89를 무려 1분 13초나 경신한 기록이다.

태수는 신나라가 장차 10,000m에서 세계를 깜짝 놀라게 할 여자 선수가 될 것이라고 예상했다.

태수가 차창 밖의 도심풍경을 내다보고 있을 때 심윤복 감독의 중얼거림이 들렸다.

"신나라가 일본으로 귀화하면 신데렐라가 될 거야."

"귀화라뇨? 일본인이 아닙니까?"

"신나라라고 한국 이름을 쓰는 걸 보면 모르겠냐? 자료에 보니까 오사카 한인시장에서 장사를 하는 신나라 부모도 귀화를 하지 않았더군."

공신력 있는 한 기관의 설문조사에 의하면 대한민국 성인남녀가 가장 좋아하는 인물로 57%의 압도적인 지지를 받은 국민적 마라토너 한태수가 뽑혔다.

한태수는 단순하게 마라토너라고만 할 수는 없다. TV를 틀기만 하면 타라스포츠 CF광고의 주 모델로 출연하는 태수가 팔색조처럼 갖가지 모습으로 변신하여 시청자들의 이목을 사로잡고 있다.

뿐만 아니라 모바일과 온갖 잡지, 인터넷에 태수의 CF광고와 가십기사, 화보, 아프로디테 보컬 민영과의 핑크빛 행보 등에 대해서 온통 도배를 하고 있기에 국민들은 한태수가 마라토너이면서도 다재다능한 엔터테이너라고 생각한다.

더구나 준수한 외모에 다비드상을 연상하게 만드는 근사한 몸매 덕분에 태수에게 영화를 찍자거나 드라마의 주연으로 출연해 달라는 섭외 요청이 봇물 터지듯 쏟아지고 있다.

또한 국내외 유수의 방송사들에서 태수에게 출연 제의와 인터뷰 요청이 쇄도하고 있지만 모두 정중히 거절하고 있는 실정이다.

이제부터 태수는 베이징세계육상선수권대회를 위해서 또다시 강훈에 돌입해야 하기 때문이다.

더 높은 곳을 향한 도약이다.

태수는 북해도마라톤대회에서의 쾌거로 또다시 두둑한 돈을 챙겼다.

마라톤대회 참가비 1억, 국제대회우승 포상금 10억, 대회기록 경신 포상금 10억, 아시아 신기록 경신 포상금 10억, 특별 포상금 5억, 도합 36억 원이다.

태수로서는 이제는 돈을 버는 것이 실감이 나지 않고 그저 은행잔고가 가만히 있어도 확확 불어나는 느낌만 들 뿐이다.

36억 원은 순전히 타라스포츠에서 받은 금액이다. 아시아 신기록 경신에 대한 국가와 기업들의 장려금, 포상금이 20억 원에 달했다.

태수의 원래 재산은 59억이었는데 영양에 엄마 건물 사는 데 3억 쓰고 윤미소에게 가불 3억을 해주고 53억이 거의 고스란히 남아 있었다.

거기에 이번에 받은 돈을 합치면 무려 109억 원이다.

국제대회 수상자가 받는 상금과 포상금은 전액 비과세되기 때문에 태수는 세금을 한 푼도 내지 않았다.

뿐만 아니라 국가에서는 하프마라톤 세계 신기록을 경신하고 마라톤 풀코스 아시아 신기록을 세운 태수에게 평생 동안 연금을 지급하겠다고 알려왔다.

한여름의 이른 새벽.

태수는 새벽 5시에 맞춰놓은 알람이 울기도 전에 일어나 이부터 닦았다.

이어서 트렁크팬티 바람으로 어슬렁거리면서 냉장고에서 우유팩을 꺼내 컵에 붓고 거기에 단백질과 아로니아, 아사이베리 분말을 타서 휘젓고는 단숨에 마셨다.

그리고 봉지에 담겨 있는 종합 견과류를 뜯어 입안에 털어넣고 아득아득 씹으면서 조깅할 준비를 했다.

"아움… 조깅 가게?"

태수가 현관에서 런닝화를 신고 있을 때 문간방에서 윤미소가 머리카락을 산발하여 귀신같은 부스스한 몰골로 하품을 하면서 나왔다.

에어컨을 틀지 않기 때문에 밤에는 찜통이나 다름이 없어서 문은 열어놓고 잔다.

타라스포츠에서 태수의 매니저로 전업을 한 이후 윤미소는 한층 밝아졌다.

태수가 가불해 준 3억 원으로 서울 달동네에서 월세를 살던 가족이 성남시 25평짜리 아파트를 사서 이사를 한 것이 이달 초의 일이었다.

큰 근심거리 하나를 덜게 되고 앞으로도 형편이 많이 펴지게 된 윤미소는 예전보다 한층 더 태수에게 잘했고 또 살갑게 대했다.

또한 비즈니스적인 면에서도 윤미소는 태수의 개인비서였을 때에는 개입할 수 없었던 여러 가지에 대해서 매니저로 전업한 후로는 태수의 모든 것에 대해서 전방위적으로 눈부신 실력을 발휘하고 있다.

일례로 태수가 타라스포츠와 계약을 할 때 포함되었던 스톡옵션에 대해서도 태수는 거의 방치하고 있는데 윤미소는 주의를 게을리하지 않았다.

말 그대로 윤미소는 태수의 매니저이면서도 에이전트 역할까지 톡톡히 함으로써 태수로서는 그냥 운동에만 편안하게 매진하면 되었다.

이즈음의 두 사람은 만난 지 얼마 되지 않았지만 남녀 관계를 떠나서 막역한 친구나 쌍둥이처럼 허물없이 지내는 사이가 되었다.

"뭐 좀 먹었어?"

"응."

"기다려, 옷 입고 자전거로 따라갈게."

윤미소는 태수가 쓴 모자를 똑바로 씌워주고 나서 팬티 바람으로 궁둥이를 흔들면서 다시 방으로 들어갔다.

쿵!

옷을 입으려던 그녀는 현관문이 닫히는 소리를 듣고는 잠시 망설이다가 다시 침대에 쓰러졌다.

T&L스카이타워를 나온 태수는 MP3 이어폰을 귀에 꽂고 음악을 들으면서 천천히 달리기 시작했다.

지금 태수가 착용하고 있는 팬츠와 싱글렛, 모자, 고글, 런닝화 등은 모두 혜원이 사준 것이다.

혜원은 마라톤대회에 나갈 때 입고 착용하라고 비싼 돈을 들여서 사주었는데 태수는 계약상 타라스포츠 브랜드의 제품만 입어야 한다. 그것은 훈련 시에도 마찬가지다.

그래서 지금처럼 혼자 개인적으로 훈련을 할 때에는 꼭 혜원이 사준 옷과 물건들을 착용하려고 애쓴다.

해운데 마린씨티의 랜드마크인 현대아이파크와 요트장을 지나 수영강 하류 민락교 아래 강변 자전거도로로 들어서 상류를 향해 조깅을 시작했다.

여기에서 수영강 상류에 해당하는 석대사거리까지 8km다. km당 평균 4분 페이스로 2번 왕복하면 32km. 그 정도로 새벽 조깅을 끝낸다.

전체의 70% 정도를 LSD로 뛰고 30%는 중간에 인터벌과 페이스주, 스피드훈련 따위를 섞어서 뛴다.

오늘이 8월 12일. 북해도마라톤대회가 끝난 지 3일째다.

심윤복 감독과 닥터 나순덕, 손주열은 3일 휴가를 받아서 떠났고 오늘 복귀한다.

태수가 윤미소에게도 3일 휴가를 주었으나 자기가 없으면 태수 생활이 엉망이 된다면서 부득부득 가지 않았다.

그렇지만 요즘 윤미소가 하는 일은 거의 없다. 방구석에서 팬티 바람으로 뒹굴거리는 게 전부다.

태수는 윤미소가 휴가를 받아 서울에 올라가지 않는 이유를 대충 짐작할 수 있을 것 같았다.

그녀로서는 여기에 있는 게 더 편한 모양이다. 어쩌면 그녀 덕분에 좋은 집을 장만하게 된 가족들의 쏟아지는 칭찬 세례가 부담스러울 수도 있다.

그런 심정은 태수가 잘 안다. 지금 태수가 영양군에 간다면 영양군수가 아니라 경상북도 도지사가 직접 와서 환영한답시고 난리법석을 떨 것이다.

태수로선 상당히 껄끄럽고 부담스러운 일이다.

MP3에서 클래식 드보르작과 말러에 이어서 태수가 무척 좋아하는 막스 브루흐의 콜니드라이가 첼로의 거장 파블로 카잘스의 연주로 흘러나왔다.

고요하고 유장한 도입부가 잔잔하고도 웅장하게, 그리고 비통하게 흘러나온다.

다음은 하프가 읊조리는 그윽한 아르페지오.

그러다가 이윽고 콜니드라이를 진정한 '신의 날'이라는 이름으로 빛나게 한 클라이맥스가 찬란하게 작열한다.

카잘스의 나무랄 데 없는 깊은 저음의 첼로음이 묵직하게 심장을 울리면서 영혼 속으로 스며든다.

"좋다."

속으로만 생각한 것 같은데 그런 말이 입 밖으로 새어 나왔다.

요즘 들어 살아 있어서 참 다행이라는 생각이 간혹 드는데 바로 지금 같은 때다.

콜니드라이의 클라이맥스가 끝나고 다시 도입부로 되돌아 갈 때 태수는 콧소리로 음을 따라 하며 줄곧 LSD로 달렸다.

다음번 클라이맥스 때는 전력 질주를 할 생각이다.

탁탁탁탁…….

"하아아… 하아아……."

발걸음은 더없이 경쾌하고 호흡은 오히려 달리지 않았을 때 보다 더 좋다.

시계를 보니까 2시간 5분이 걸렸다. ㎞당 3분 54초 페이스 다. 아주 적당하다.

하도 그것에 대해서 생각하다 보니까 이제는 거리와 시간 만 있으면 ㎞당 페이스가 금세 나오고 조금 더 깊이 생각하면 속도까지도 계산이 된다.

태수는 뼛속까지 마라토너가 되고 있는 중이다.

탁탁탁…….

"후우우… 후우우……."

태수가 T&L스카이타워 앞에 도착한 시간은 아침 7시 40분

쯤이다.

그가 모자를 벗고 상의 싱글렛을 끌어 올려 얼굴의 땀을 닦으면서 현관으로 걸어가고 있을 때 누가 그를 불렀다.

"한태수 씨."

태수가 싱글렛을 내리고 쳐다보니까 현관 옆에서 한 명의 여자가 캐리어를 끌면서 그에게 종종걸음으로 걸어오며 환한 미소를 지었다.

작고 아담한 체구에 물방울 원피스를 입었으며 머리를 하나로 묶었는데 성숙한 여자라기보다는 소녀에 가까운 앳된 얼굴이다.

여자는 태수 앞에서 멈추고는 자기보다 훨씬 큰 태수를 말끄러미 올려다보았다.

"한태수 선수죠?"

그렇게 묻는 여자의 말투가 어딘지 어눌하다. 마치 몇 년 동안 한국어를 배운 외국인의 말 같았다.

"그렇습니다만 무슨 일입니까?"

태수는 이 여자가 어쩌면 팬을 자처하는 부류일지도 모른다는 생각이 들었다.

예전부터 주로 여자들로 이루어진 태수의 팬클럽 회원들이 이곳 T&L스카이타워 현관 앞에 진을 치고서 태수를 막연하게 기다리거나 만나게 해달라고 농성을 부리며 경비원들을 성가시게 했었다는 얘길 들었다.

그래서 태수는 이 여자도 그녀 중 한 명일지 모른다고 생각한 것이다.

하지만 그러기에는 아침 7시 40분은 이른 시간이다.

여자는 태수를 보고 반가운지 환하게 미소 지었다. 웃으니까 두 눈이 감기면서 매우 귀여웠고, 양쪽 뺨에 보조개가 움푹 들어갔는데 코 주변에 주근깨가 자글자글한 모습이 그녀를 더욱 어리게 만들었다.

"저는 신나라라고 합니다. 일본에서 왔습니다. 한태수 선수는 저의 영웅입니다."

여자 신나라는 어눌하지만 또랑또랑하게 말했다.

태수의 얼굴이 환하게 밝아졌다.

그의 뇌리에 땀으로 범벅되어 가쁜 숨을 몰아쉬면서 달리던 해맑은 일본 소녀의 모습이 스쳤다.

"아… 15번!"

태수는 북해도마라톤대회 때 출발해서 15㎞ 지점까지 ㎞당 2분 56~57초 페이스로 줄곧 따라오다가 떨어져 나간, 그러고는 꼭 우승하라고 뒤에서 힘차게 외치면서 응원해 주었던 작은 체구의 15번 일본 소녀에 대해서 몹시 궁금하게 여겨서 심윤복 감독에게 알아봐 달라고 부탁까지 했었다.

그런데 그 소녀가 지금 제 발로 태수를 찾아온 것이다.

"어떻게 온 겁니까?"

태수가 놀라는 얼굴로 묻자 신나라는 초등학생처럼 수줍게 미소 지으며 조심스럽게 대답했다.

"한태수 선수하고 한 팀에서 뛰고 싶어요."

"나하고?"

태수는 신나라가 설마 그런 목적으로 한국에 왔을 줄은 꿈에도 생각하지 못했었다.

태수는 일단 신나라를 자신의 오피스텔로 데리고 올라왔다.

윤미소는 태수가 들어온지도 모른 채 방문을 활짝 열어놓은 채 자기 방에서 팬티 바람으로 아주 깊은 잠에 들었다.

"실례하겠습니다."

신나라는 예절 바른 일본인들이 다 그렇듯이 조심스럽게 태수를 따라서 들어오다가 활짝 열린 문간방 안을 슬쩍 보고는 화들짝 놀랐다.

"아… 앗! 사모님데스까?"

급하니까 한국어와 일본어가 뒤섞여서 튀어나왔다.

태수는 급히 방문을 닫고 손을 저었다.

탁!

"노, 노. 매니저예요, 매니저."

"아아… 그렇군요."

신나라는 태수보다 더 당황해서 땀을 뻘뻘 흘렸다.

32㎞를 뛰고 들어와 땀범벅이 된 태수는 샤워를 할 생각도
하지 못하고 소파에 앉아서 맞은편에 앉은 신나라를 놀란 얼
굴로 쳐다보았다.

"신나라 씨가 타라육상팀에 들어오고 싶다는 겁니까?"

"네, 선배님."

신나라는 앉은 자세에서 자그마한 체구를 꼿꼿하게 세운
채 태수를 똑바로 바라보며 대답했다. 그녀는 '한태수 선수'라
는 호칭에서 '선배님'으로 바꿔 불렀다.

"지금 몇 살입니까?"

"한국 나이로 20살이고 만 19살입니다."

"네……."

태수가 보기에는 20살도 많아 보였다. 신나라의 얼굴은 여
중생이라고 해도 믿을 정도로 앳된 동안이다.

그렇지만 태수는 설마 신나라가 타라육상팀에 들어오겠다
는 말을 할 줄은 짐작조차 하지 못했었기에 어떻게 해야 할지
몰라 잠자코 있었다.

신나라는 태수가 아무 말이 없자 몹시 긴장된 표정으로 그
를 말끄러미 주시하면서 물었다.

"어려운가요?"

그러나 태수는 거기에 대해서 대답을 해줄 수가 없다. 타라스포츠가 일본에 거주하고 있는 신나라하고 선수 계약을 맺을 수 있는 것인지, 현재 만 19살인 어린 소녀하고 계약이 가능한지는 법률적인 문제라서 태수로선 알 수가 없기 때문이다.

"신나라 씨 정도면 일본 여러 팀에서 계약을 하려고 덤벼들텐데 왜 타라스포츠에 들어오려는 겁니까?"

신나라는 흐트러짐 없이 줄곧 꼿꼿한 자세를 유지했다. 태수의 물음에 그녀는 조금 곤혹한 표정을 지었다.

"저는 여고를 졸업하고 나서 대학 육상부와 실업팀 몇 군데에서 콜이 왔었는데 망설였어요."

그녀는 태수가 민망할 정도로 빤히 그를 바라보았다.

"그러다가 지난번 북해도마라톤대회에서 10㎞ 29분 35초라는 기록을 낸 것 때문에 갑자기 제가 유명해졌어요. 사실 그 전에는 그런 좋은 기록을 내지 못했었거든요."

태수는 신나라의 시선을 피하지 않고 마주 바라보면서 잠자코 듣기만 했다.

"북해도마라톤대회 이후에 일본 여러 팀이 계약을 하자고 좋은 조건을 제시했어요. 일본육상경기연맹에서도 일본 국가대표로 선발할 수도 있다고 그랬어요."

"그런데 왜⋯⋯."

"그렇지만 그들은 모두 제가 일본으로 귀화해야 한다는 조건을 내걸었어요. 제가 여고를 졸업하고 대학 진학이나 실업팀에 가지 않은 이유도 그들이 저에게 일본으로의 귀화를 요구했기 때문이었어요."

"아⋯⋯."

태수는 나직한 탄성을 토해냈지만 그렇다고 신나라의 말을 온전하게 이해한 것은 아니다.

신나라의 말을 절반쯤 이해했지만 마음속으로는 '왜 일본으로 귀화하지 않는 거지?'라는 작은 의문이 생겼다. 그러나 거기에 대한 대답은 신나라가 명쾌하게 해주었다.

"제 증조부께선 대한민국 전라남도 순창이 고향이셨어요. 증조부 때부터 지금의 부모님과 그리고 저까지 순수한 토종 한국인이에요. 절대로 일본인이 될 수는 없어요. 일본으로 귀화하라니, 말도 안 돼요. 부모님은 당신들이 돌아가시고 나서도 우리에게 절대로 귀화하지 말라고 당부했어요."

"아⋯⋯."

태수는 두 번째 탄성을 토해냈지만 첫 번째 탄성하고는 의미가 달랐다.

"저는 한국인이니까 당연히 한국에서 뛰고 싶어요."

"그렇군요."

그는 비로소 신나라의 진심을 깨달았다.

"태수야, 누가 왔어?"

그때 윤미소가 자기 방에서 나와 소파 쪽으로 걸어오면서 잠이 덜 깬 얼굴로 물었다.

밖에서 낯선 목소리를 들었는지 민소매에 반바지라도 입고 나왔다.

"아⋯⋯."

신나라는 윤미소를 보고는 벌떡 일어나 구십 도로 허리를 굽혔다.

"안녕하십니까?"

태수는 윤미소에게 도움을 청했다.

"미소야, 네가 신나라 씨 얘기 좀 들어봐라."

"문제될 거 하나도 없어."

신나라의 얘기를 모두 듣고 난 윤미소는 딱 잘라서 말했다.

"정말인가요?"

신나라는 두 손을 맞잡고는 기뻐서 금방이라도 울 것 같은 표정을 지었다.

신나라 옆에 앉은 윤미소는 신나라의 손을 잡고 다정한 미소를 지었다.

"걱정 마요. 내가 도와줄게요."

윤미소는 5살 어린 신나라에게 언니처럼 자상하게 다독였다.

태수는 무슨 생각이 났는지 진지한 표정을 지었다.

"미소야, 네가 신나라 씨 타라스포츠하고 계약 문제 자세히 좀 알아봐라."

"응?"

윤미소는 눈을 깜빡거리더니 신중한 표정으로 말했다.

"그럼 이참에 아예 스포츠에이전트 라이선스를 따볼까?"

태수는 신나라를 윤미소에게 맡기고 그제야 샤워를 하러 욕실에 들어갔다.

태수와 윤미소는 신나라를 데리고 타라스포츠 트레이닝센터에 있는 식당에서 함께 아침 식사를 하고 나서 창가에 위치한 휴게실에 앉아 대화를 나누고 있었다.

그때 휴가에서 돌아온 심윤복 감독은 타라스포츠에 와 있는 신나라를 보고는 매우 기뻐했다.

사실 북해도마라톤대회 때 출발 직후부터 민영을 뒤에 태우고 줄곧 오토바이로 쫓아왔던 심윤복 감독은 15㎞ 지점까지 태수와 나란히 달렸던 일본 소녀를 보고는 한눈에 반해 버렸었다.

심윤복 감독이 20여 년 전부터 감독 생활을 해오면서 선수들에게 입이 닳도록 가르쳤던 스트라이드주법과 피치주법의 적절한 혼용, 달리는 자세, 에너지의 분배 등을 신나라가 완벽하게 보여주고 있었기 때문이다.

사실 심윤복 감독은 그 당시에 태수보다는 신나라에게 정신이 팔려 있었다.

그런데 그 일본 소녀가 재일동포 한국인이라는 사실에 놀랐었으며, 그녀가 제 발로 타라스포츠에 찾아왔다는 사실에 기절초풍할 정도로 기뻐했다.

신나라는 윤미소하고 나란히 앉아 있고, 심윤복 감독은 신나라에게서 시선을 떼지 못하면서 맞은편의 태수 옆에 궁둥이를 붙이고 앉았다.

"그래, 신나라 양은 무슨 일로 왔소?"

"제가 말씀드릴게요."

윤미소가 차분하게 말하자 심윤복 감독은 못마땅한 듯 얼굴을 찌푸렸다.

"니가 왜?"

신나라가 조심스럽게 말했다.

"감독님, 미소 언니는 저의 매니저입니다."

"매… 니저?"

윤미소는 두 개의 얼굴을 갖고 있다. 흐트러진 선머슴 같은 모습과 깐깐한 변호사 같은 모습인데 지금은 후자의 모습으로 심윤복 감독을 대하고 있다.

심윤복 감독은 다시 신나라를 쳐다보았다.

"신나라 양, 만나고 싶었어요."

"저는……."

신나라는 수줍어하면서 태수를 바라보았다.

"저의 영웅 한태수 씨를 만나보고 싶었어요."

"태수가 영웅이오?"

심윤복 감독의 물음에 신나라는 크게 고개를 끄떡였다.

"저는 어렸을 때부터 달리는 것을 아주 좋아했어요. 그래서 얼마 전까지만 해도 저의 마음속 영웅은 다카하시 나오코였어요."

"오… 다카하시 나오코."

심윤복 감독은 탄성을 내뱉었다.

다카하시 나오코는 일본의 살아 있는 여자 마라톤의 전설적인 존재다.

다카하시 나오코는 2000년 시드니올림픽 마라톤 여자부문에서 2시간 23분 14초로 우승하여 금메달을 목에 걸었으며 그때 세운 올림픽기록은 아직까지도 깨지지 않고 있다.

이후 다카하시 나오코는 이듬해 2001년 베를린여자 마라톤에서 2시간 19분 46초의 세계 신기록을 세우면서 여자의 능력으로는 절대로 2시간 20분의 벽을 넘을 수 없다는 세간의 통설을 여지없이 깨뜨리는 여걸이 되어 세계의 찬사를 한 몸에 받았었다.

"내가 유일하게 존경하는 여자 마라토너라오."

심윤복 감독은 창을 통해서 푸른 하늘을 응시하며 회상하는 듯한 얼굴이 되었다.

"2001년 베를린마라톤대회 때 나는 거기에 있었지. 그날 나는 동양에서 온 1m 63㎝, 45㎏ 자그마한 체구의 여자가 놀라운 기적을 일으키는 광경을 지켜보고 너무 가슴이 벅차서 눈물을 흘리고 말았었어."

그는 그때의 광경이 눈앞에 선한 듯한 표정을 지었다.

"다카하시 나오코는 연도에 늘어선 수많은 베를린 시민의 열렬한 환호를 받으면서 2시간 19분 46초라는 굉장한 기록으로 테이프를 끊었어."

태수와 신나라는 심윤복 감독의 두 눈이 부옇게 흐려지는 것을 보았다.

"가슴에 REAL F9라는 배번호를 달고 들어온 다카하시는 조금도 지치지 않은 모습으로 두 손을 번쩍 치켜들면서 소녀처럼 환하게 미소 지었어. 그러고는 그날의 그녀가 있도록 만들어준 은인 고이데 감독에게 다가가서 감격의 포옹을 하고 그의 손을 번쩍 들어주었지."

심윤복 감독은 그때 고이데 감독이 얼마나 부러웠는지에 대해서는 말하지 않았다.

그리고 북해도마라톤대회에서 태수가 아시아 신기록으로 골인한 후에 심윤복 감독 자신과 포옹을 하고 정중하게 인사를 한 것에 대해서 자신이 얼마나 감격했는지에 대해서는 아무에게도 말하지 않았었다.

"국적을 떠나서 다카하시 나오코는 동양인도 마라톤에서, 그리고 육상에서 세계를 제패할 수 있다는 사실을 직접 몸으로 보여주었어. 훌륭한 마라토너야. 그런 점에서 나는 다카하시 나오코를 존경해."

그러나 다카하시 나오코는 아테네올림픽 국가대표 선발에서 탈락했다.

그녀의 올림픽대표선발 탈락이라는 충격적인 소식은 호외를 통해서 전 일본으로 퍼져 나갔다.

아테네올림픽 마라톤 대표로 선발된 3명의 여자 선수보다 탈락한 그녀에게 더 많은 포커스가 집중됐다.

당연한 반응이었다. 다카하시 나오코가 누군가. 일본 마라톤의 영웅이자 살아 있는 전설이 아닌가.

일본 국민들은 다카하시 나오코의 찬란한 업적을 무시하고 최근에 좋지 못했던 그녀의 성적만을 따져서 대표 선발에서 탈락시킨 일본육상경기연맹을 강하게 성토했었다.

오죽하면 당시 고이즈미 총리가 한 말은 유명하다.

"후보 한 사람 더 늘리면 안 되나? 그 정도 융통성도 없다
니⋯⋯."

라며 강한 유감을 표시했었다.
심윤복 감독은 창에서 시선을 거두며 중얼거렸다.
"그때 은퇴를 묻는 기자들에게 다카하시 나오코가 말했
네."
그러자 신나라가 꼿꼿하게 앉아서 마치 주기도문을 외우듯
이 읊조렸다.
"아무것도 피지 않는 추운 날에는 아래로, 아래로 뿌리를
뻗쳐라. 그러면 머지않아서 큰 꽃이 필 것이다."
심윤복 감독은 흐뭇한 미소를, 아니, 사랑스러워 죽겠다는
표정을 지으며 신나라를 쳐다보았다.
그는 처음 북해도마라톤대회에서 신나라를 봤을 때 그녀의
모습에 다카하시 나오코가 겹쳐 보였었다.
그만큼 신나라의 체형이나 달리는 모습은 다카하시 나오코
와 기가 막힐 정도로 흡사했었다.
태수는 신나라가 읊은 다카하시 나오코의 한 구절의 시 같
은 말을 듣고는 가슴에 큰 울림이 있었다.

신나라처럼 작고 어린 소녀조차도 일본으로 귀화하면 부귀영화를 누릴 수 있다는 제의를 일언지하에 거절하고 자신의 조국 한국에서 달리고 싶다는 소망을 품고 혈혈단신 여기까지 찾아왔다.

그런데 그녀에 비해서 태수는 그런 숭고한 생각은커녕 지금껏 자신 개인의 영달만을 추구했으니, 너무 보잘것없는 존재라는 부끄러움이 엄습했다.

신나라는 태수보다 5살 연하지만 속 깊음은 태수의 스승이 되고도 남을 것 같았다.

태수가 그녀의 영웅이라니 말도 안 된다. 오히려 그녀가 태수의 영웅감이다.

신나라는 태수하고 눈이 마주치자 수줍은 듯 얼굴을 붉히고는 조심스럽게 말했다.

"저는 어느 날 오사카의 집에서 저녁 식사를 하면서 TV를 보다가 한국의 어느 지방 마라톤대회에서 하프마라톤 세계기록이 경신됐다는 놀라운 뉴스를 봤어요."

태수는 자기가 하프마라톤 세계기록을 경신한 일을 일본 오사카의 어느 집에서 밥을 먹다가 보게 됐다는 말에 쑥스러우면서도 신기한 기분이 들었다.

"하프마라톤 세계기록 보유자가 저랑 같은 한국인이라는 사실에 가슴이 벅차고 눈물이 났어요. 그런데 얼마 지나지 않아서 바로 그 선수가 호주 골드코스트마라톤대회에서 일본의 영웅 이마이 마사토와 시민 러너 가와우치 유키를 꺾고 우승을 하지 않았겠어요?"

신나라는 그때의 벅찬 감격을 회상하는지 두 손으로 자기 뺨을 감싸면서 수줍게 말했다.

"그래서 그때부터 한태수 선수를 저의 영웅으로 가슴속에 맞이했어요. 저의 영웅이 같은 한국인이라는 사실 때문에 얼마나 행복했었는지 모르실 거예요."

그랬는데 바로 그 영웅을 북해도마라톤대회에서 직접 만나게 되었으니 신나라는 너무 좋아서 정신없이 태수하고 동반주(同伴走)를 하며 15km나 달렸던 것이다.

"왜 그렇게 전력 질주를 했던 거예요?"

태수가 그동안 궁금했던 것을 물었다.

그러자 신나라는 수줍게 얼굴을 붉혔다.

"한태수 선배님께 페메를 해드리고 싶었어요."

"아……."

전혀 예상하지 못했던 말에 태수는 적잖이 놀라고 또 가슴이 뭉클하여 나직한 탄성을 터뜨렸다.

신나라의 얼굴에서는 은은한 빛이 나는 것 같았다.

"선배님이 북해도마라톤에서 이마이 마사토를 이겨서 한국인이 얼마나 훌륭한 민족인지 일본인이 알게 되기를 간절하게 원했어요."

심윤복 감독이 이해한다는 듯 고개를 끄떡였다.

"일본에 살고 있는 재일동포들이 일본인들에게 얼마나 차별 대우를 받는지 잘 알고 있어요. 용케도 잘 견뎌내고 훌륭하게 자랐군요."

신나라는 생긋 미소 지으며 심윤복 감독에게 살짝 고개를 숙여 감사를 표하고는 태수를 바라보며 조심스럽게 물었다.

"제가 선배님께 조금이라도 도움이 됐었나요?"

태수는 가슴이 울컥했다. 신나라에게 그렇게 깊은 뜻이 있는 줄도 모르고 그 당시에는 그녀를 성가시게 여겼었다. 하지만 태수에게 신나라는 분명히 도움이 됐었다.

"아주 큰 도움이 됐어요."

"아……."

"신나라 씨는 어떤 페메보다도 훌륭했어요. 나는 신나라 씨 덕분에 더 빨리 달릴 수 있었어요."

태수의 칭찬에 신나라는 두 손을 가슴에 모으고 눈물을 글썽였다.

"저는 선배님께서 아시아 신기록을 세우실 줄은 꿈에도 몰랐어요. 그런데 그런 업적에 제가 도움이 됐다니 정말 기뻐요. 그날 선배님과 함께 달렸던 일은 죽을 때까지 잊지 못할 거예요."

신나라의 말은 태수에게 오랫동안 신선한 충격으로 남아
있었다.

태수와 손주열, 정목환은 베이징세계육상선수권대회의 국
가대표로 무난하게 선발되었다.

대한육상경기연맹에서 먼저 타라스포츠에 태수와 손주열,
정목환 세 사람의 베이징세계육상선수권대회 출전에 대해서
정중하게 요구를 해왔던 터였다.

손주열과 정목환은 타라스포츠에 들어오기 전에 치러졌
었던 국가대표선발전에서 이미 좋은 성적을 받아놓은 상태였
다.

대한육상경기연맹 규정에는 국제대회 우승자 혹은 세계기
록 보유자는 별도의 선발전 없이도 국가대표로 선발할 수 있
다는 특별조항이 명시되어 있다.

태수는 이봉주의 15년 묵은 한국신기록 2시간 7분 20초를
깼을 뿐만 아니라 일본의 다카오카 도시나리가 2002년에 수
립한 아시아 신기록 2시간 6분 16초도 경신했다.

바야흐로 태수는 마라톤 한국신기록과 아시아 신기록, 하
프마라톤 세계기록 보유자이며 그것들 모두 최근에 이룩한 위
업이다.

3개의 신기록 보유자인 태수를 베이징세계육상선수권대회

에 배제시킨다는 것은 말도 되지 않는다.

또한 공신력 있는 설문조사기관의 설문조사에서 대한민국 성인남녀들이 가장 좋아하는 인물에 압도적 1위로 뽑힌 태수가 국가대표에 선발되지 않는다면 모르긴 해도 대한육상경기연맹이 여론의 무차별적인 뭇매를 맞게 될 것이다.

우정호와 김경진은 심윤복 감독이 탁월한 수완을 발휘하여 대한육상경기연맹에 물밑 작업을 해서 이른바 덤으로 묻어가기로 했다.

어차피 남자 800m와 1,500m에서는 이렇다 할 선수가 없는 대한육상경기연맹이다.

우정호와 김경진이 베이징세계육상선수권대회에서 잘해줘서 본선에라도 진출한다면 더할 나위 없겠지만, 예선에서 탈락한다고 해도 손해 볼 게 없는 일이다.

신나라와 타라스포츠의 계약은 윤미소가 탁월한 수완을 발휘하여 원만하게 체결되었다.

일전에 윤미소가 신나라에게 '언니가 매니저 해줄게요'라고 말했더니 이후부터 신나라는 윤미소를 매니저로서 대했고 그녀에게 모두 일임했다.

신나라는 만 19세지만 생일이 지나지 않았으므로 보호자인 아버지가 막내딸을 위해서 일본 오사카에서 부산으로 날아왔다.

신나라의 아버지 신재호 씨는 심윤복 감독과 동갑인 54세로 두 사람은 만나자마자 호형호제 하면서 죽이 잘 맞아 신재호 씨가 부산에 머무는 5일 동안 거의 매일 밤마다 해운대 인근의 횟집과 고기집, 포장마차를 거침없이 누비면서 술을 마시며 우정 아닌 주정(酒情)을 쌓았다.

그 술자리에 태수도 두어 번 함께했는데 신재호 씨는 특히 태수를 좋아하고 믿음직스러워했다.

아마도 신나라에게서 태수에 대해 많이 들어서 호감을 갖고 있었던 모양이다.

일찍 아버지를 여윈 태수는 신재호 씨의 소박함과 자상함에 이끌렸다.

신재호 씨 역시 태수가 자신의 둘째 아들과 동갑내기라면서 자기를 아버지라고 불러도 좋다는 말에 태수는 두 번째 술자리에서 용기를 내서 그를 아버님이라고 불렀다.

출국하는 날 신재호 씨는 부산 김해공항에서 심윤복 감독과 태수의 손을 꼭 붙잡고 막내딸 신나라를 잘 부탁한다고 몇 번이나 고개를 숙였다.

그렇게 재일동포 4세이며 육상 신동인 신나라는 타라스포츠 육상팀과 한솥밥을 먹게 되었다.

신나라의 국가대표 선발행은 예상했던 것과는 달리 무난하게 잘 처리됐다.

우선 2015년 1월부터 시행하고 있는 해외동포 주민등록발급시행령에 따라서 아직 한국국적을 지니고 있는 신나라는 주민등록증을 신청하여 7일이 지나면 꿈에서도 그려보지 못했던 대한민국 주민등록증을 갖게 될 것이다.

신나라의 북해도마라톤대회 풀코스 기록은 2시간 29분 17초로 현 국내 여자 선수 중에서 3위에 해당하는 기록이다.

또한 신나라는 북해도마라톤대회에서 출발부터 10㎞ 지점까지 줄곧 태수와 나란히 달리면서 29분 35초라는 놀라운 비공식 기록을 달성했었다.

일본육상경기연맹은 그것 때문에 신나라를 베이징세계육상선수권대회 10,000m에 출전시키려고 무던히도 일본으로의 귀화를 추진했었는데 실패하고 말았었다.

10,000m 세계기록은 1993년 중국의 왕쥰샤가 갖고 있는 29분 31초 78인데, 신나라는 왕쥰샤에 불과 4초 뒤지는 놀라운 기록을 냈던 것이다.

만약 신나라가 북해도마라톤대회에서 보여주었던 실력을 베이징세계육상선수권대회에서도 발휘해 준다면 10,000m 종목에서 메달을 기대하는 것은 물론이고, 우승까지도 욕심을 낼 수 있다는 게 심윤복 감독이나 대한육상연맹의 입장이다.

대한민국은 육상 5,000m나 10,000m하고는 인연이 없다. 세계대회는 고사하고 불행하게도 아시아권에서조차 입상을 해본 적이 없었다.

　그런데 만약 신나라가 베이징세계육상선수권대회에서 일을 내기만 한다면 모르긴 해도 대한민국에 천지개벽이 벌어질 것이다.

　그러니 대한육상경기연맹 측으로 볼 때는 신나라는 넝쿨째 굴러 들어온 호박덩어리나 다름이 없는 것이다.

　　　＊　　　　　＊　　　　　＊

　타라스포츠 육상팀은 신나라까지 6명이 모두 베이징세계육상선수권대회 대한민국 국가대표로 선발됨에 따라서 짧은 훈련에 돌입했다.

　마라톤을 비롯하여 400m 허들경기, 800m, 1,500m 5,000m, 10,000m 종목은 단체경기가 아니라서 팀워크를 요구하지 않기 때문에 심윤복 감독은 타라스포츠 육상팀 체제로 훈련을 강행하겠다고 대한육상경기연맹에 정식 건의했다.

　그 일을 심사하기 위해서 대한육상경기연맹에서 몇 명의 전문위원을 타라스포츠에 파견하여 훈련 일정과 의료시스템, 영양, 시설 등 전반에 걸쳐서 면밀하게 조사한 후에 돌아갔으며 다음 날 오케이 승인이 떨어졌다.

탁탁탁탁탁⋯⋯.

"하아아⋯ 하아아⋯⋯."

부산사직종합운동장 보조경기장 트랙에서 신나라가 10,000m를 주파하고 막 골인했다.

꾹!

심윤복 감독이 스톱워치를 누르고 들여다보다가 얼굴빛이 흐려졌다.

33분 13초.

신나라가 북해도마라톤대회에서 태수와 나란히 달리면서 기록한 29분 35초에 틱도 없이 모자란 기록이다.

신나라는 트랙이 주저앉아서 자그마한 몸을 들썩이면서 가쁜 숨을 몰아쉬고 있다.

"학학학학⋯⋯."

지금 신나라의 모습을 보면 전력 질주를 한 것이 틀림없다. 아니, 그녀가 일부러 슬슬 뛰었을 리가 없다.

심윤복 감독이 며칠 같이 지내본 바에 의하면 신나라는 수줍음을 많이 타면서도 훈련에 임하면 무서울 정도로 돌변하여 최선을 다했다.

신나라는 비틀거리면서 일어나 걱정하는 표정을 지으며 심윤복 감독에게 걸어왔다.

"감독님, 얼마 나왔어요?"

"33분 13초다."

신나라의 얼굴이 심윤복 감독보다 더 흐려졌다. 그 모습을 보고서도 그녀가 전력을 다해서 뛰지 않았다는 생각은 할 수가 없다.

"감독님, 저는 전력을 다해서 뛰었어요."

신나라는 안타까운 표정으로 하소연했다.

"알고 있다."

심윤복 감독이 봤을 때는 조금 전에 트랙을 달린 신나라는 북해도마라톤대회 때 태수하고 나란히 달리던 완벽한 주법의 신나라가 아니었다.

그때 신나라는 보폭이 자신의 키보다 넓은 스트라이드주법과 움직임을 빨리하는 피치주법을 절반씩 적절하게 혼용해서 달렸었다.

그런데 조금 전에 신나라가 달린 것은 그저 피치주법이었을 뿐이다.

즉, 보폭은 자신의 키보다 작고 달리는 움직임만 빠르게 하니까 한 걸음마다 약 10~15㎝씩 손해를 보는 것이다.

더구나 마라톤주법과 10,000m주법은 확연하게 다르다. 마라톤주법은 장거리라서 아주 편안하게 달리며 에너지를 최소화해야 하지만 10,000m주법은 중거리이므로 그에 맞는 에너지 분배가 필요하다.

하지만 신나라는 마라톤주법으로 29분 35초 기록을 달성했었다.

그녀는 그때 10,000m주법으로 달렸고 오히려 지금 마라톤주법으로 달린 것 같았다.

심윤복 감독은 신나라를 쳐다보며 잠시 말이 없다가 조용한 목소리로 물었다.

"나라야, 너 어째서 마라톤주법으로 뛰지 않은 거냐?"

"네?"

"북해도마라톤대회에서는 마라톤주법, 즉 스트라이드주법과 피치주법을 반씩 섞어서 뛰었잖느냐?"

신나라는 고개를 갸웃거렸다.

"그건 잘 모르겠는데요? 저는 그냥 뛰라고 해서 열심히 뛴 것뿐인데… 주법 같은 건 신경 쓰지 않고……."

심윤복 감독은 고개를 끄떡였다.

"쉬어라."

심윤복 감독은 신나라에게 트랙 밖을 가리키면서 말하고는 생각에 잠겼다.

이런 상황에서 그는 신나라의 기분까지 염려할 만큼 배려

깊은 사람은 못 된다.

내일은 신나라에게 마라톤처럼 도로에서 10,000m를 달리게 해볼 생각이다.

어쩌면 도로에서라면 북해도마라톤대회 때 같은 주법으로 뛰어서 그때의 기록을 재현할지도 모른다는 생각이다.

그러나 만약 도로에서도 오늘하고 똑같은 결과가 나온다면 그야말로 큰일이다.

여자 10,000m 한국기록은 삼성전자의 이은정이 갖고 있는 32분 43초 35다.

그런데 조금 전 신나라의 기록 33분 13초는 한국기록에도 못 미친다.

심윤복 감독은 신나라 다음으로 태수에게 5,000m를 뛰도록 했다.

태수는 심윤복 감독의 권유로 베이징세계육상선수권대회에 마라톤 말고도 5,000m에 출전하게 되었다.

지난번 트랙에서 태수가 5,000m를 13분 5초에 뛰어서 한국기록인 백승호의 13분 42초 98을 훨씬 앞당기는 기록을 낸 이후에 한 번도 5,000m를 뛰어보지 않았었다.

태수의 기록을 위해서 페메 역할로 손주열과 우정호, 김경진이 함께 출발선에 섰다.

쉬라고 한 신나라는 트랙 안쪽 심윤복 감독 옆에 서서 초조한 표정으로 시선을 태수에게 고정하고 있다.

"출발!"

다다다다다탁―

심윤복 감독이 스톱워치를 누르면서 외치자 태수와 손주열 등이 탄환처럼 튀어나갔다.

심윤복 감독과 신나라, 윤미소, 나순덕의 시선이 태수를 따라서 트랙을 돌았다.

바닥을 박차면서 질주하고 있는 태수의 모습은 마라토너가 아니라 단거리 스프린터를 연상케 했다.

상체를 앞으로 비스듬히 숙이고 두 팔을 힘껏 저으면서 울퉁불퉁한 근육이 박인 늘씬한 두 다리로 트랙을 박차는 모습은 달리는 인간이 만들어낼 수 있는 가장 아름다운 모습이라고 할 수 있다.

우정호와 김경진은 이번 베이징세계육상선수권대회에서 각각 800m와 1,500m에 출전할 국가대표인데도 태수는 스타트 이후 줄곧 그들보다 앞서 달렸다.

그러고는 5바퀴째에 손주열을 반 바퀴 따돌렸고, 우정호와 김경진은 한 바퀴나 뒤로 처지게 만들었다.

"태수 선배님, 정말 멋져요……."

신나라는 조금 전 자신의 기록마저 잊은 듯 태수를 바라보면서 황홀한 표정을 지었다.

총 12바퀴 반 중에서 태수가 10바퀴를 돌았을 때 심윤복
감독이 외쳤다.

"태수야! 전력 100%로 뛰어!"

타타타타타—

10바퀴씩이나 거의 전력으로 달린 사람이라고는 믿어지지
않을 정도로 태수는 갑자기 스퍼트를 하여 달려 나가기 시작
했다.

심윤복 감독은 그 모습을 보면서 흐뭇한 미소에 기대 어린
표정을 지었고, 신나라와 윤미소, 나순덕은 놀라서 눈을 동그
랗게 떴다.

삐이—

심윤복 감독이 태수를 향해 스피드건을 쏘고 나서 들여다
보더니 눈이 조금 커졌다.

시속 24.32km/h. km당 2분 28초 페이스다.

'저게 태수의 진짜 모습이다.'

태수의 전력 질주를 바라보는 심윤복 감독의 가슴이 벅차
고 두근거렸다.

베이징세계육상선수권대회에서 태수가 저렇게 달리는 모습
을 상상하는 것만으로도 엔돌핀이 솟구쳤다.

"굉장해요……."

"태수 쟤 달리는 거 보면 터미네이터 같아."

신나라의 꿈을 꾸는 듯이 중얼거리는 목소리와 윤미소의 질린다는 듯한 목소리가 들렸다.

시속 24.32㎞/h. ㎞당 2분 28초 페이스로 5,000m 전체를 달린다면 12분 20초다.

5,000m 세계기록을 갖고 있는 케네니사 베켈레의 기록 12분 37초보다 17초나 빠르다.

물론 인간의 능력으로는 5,000m를 뛰는 내내 2분 28초 페이스를 유지할 수는 없을 것이다.

그렇기 때문에 베켈레의 기록이 얼마나 위대한지 새삼 존경스러운 것이다.

타타타타탁—

"학학학학학!"

마침내 태수가 전력 질주하여 골인했고, 그와 동시에 심윤복 감독이 스톱워치를 눌렀다.

시간을 들여다보는 심윤복 감독의 눈이 화등잔처럼 커지고 탄성이 저절로 흘러나왔다.

"와우! 태수야! 13분 3초다!"

그는 좀처럼 흥분을 잘 하지 않는 사람인데 이런 상황에서만큼은 흥분을 하지 않을 수가 없다.

태수는 쓰러지듯이 트랙 안쪽에 벌렁 자빠져서 가슴을 들먹이며 거친 숨을 몰아쉬었다.

"학학학학학……."

남은 2바퀴 800m를 전력 질주했더니 다른 데는 모르겠는데 심장이 미친 듯이 쿵쾅거렸고 너무 숨이 차서 온몸의 구멍이란 구멍으로 죄다 숨을 쉬는 것 같았다.

윤미소가 급히 생수병을 들고 태수에게 달려가려니까 이미 신나라가 생수병과 수건을 들고 태수 옆에 쪼그리고 앉는 모습이 보였다.

"선배님, 물 드세요."

그러나 태수는 일어날 기력도 없는 듯이 거친 숨만 몰아쉬었다.

"학학학학……."

신나라는 차가운 생수병을 열어 그의 얼굴과 상체에 찬물을 조금씩 뿌려주었다.

이럴 때 어떻게 해야 한다는 것을 윤미소는 모르고 있는데도 같은 마라토너인 신나라는 알고 있다. 5,000m를 달리고 들어온 사람이 가장 필요한 것이 무엇인지를, 그리고 그 심정을.

심윤복 감독이 흡족한 미소를 지으면서 다가왔다.

"하하하! 태수야 지난번보다 2초 당겼다!"

태수가 일어나려는 것을 신나라가 뒤에서 두 손으로 머리를 힘껏 밀어주었다.

"영차!"

태수가 돌아보자 신나라는 혀를 내밀고 에헷! 하고 웃었다.

"베켈레 기록에 26초 차이로 다가섰다."

심윤복 감독은 태수 앞에 마주 보고 털퍽 앉았다.

"어떻게 하죠?"

베이징세계육상선수권대회에서 베켈레의 세계기록을 깨야만 한다고 생각하는 태수는 걱정하듯 물었다.

"뭐가?"

"26초를 줄이려면 시간이 너무 없잖습니까?"

"너 무슨 생각하는 거냐?"

태수는 신나라에게서 수건을 건네받아 땀을 닦으며 물었다.

"베이징대회에서 베켈레를 이겨야죠."

심윤복 감독은 빙그레 미소 지었다.

"그 정도면 충분히 메달권이다. 그리고 너라면 어쩌면 베켈레를 이길 수도 있을 거다."

"네?"

태수는 깜짝 놀랐다. 그에게 베켈레는 신 같은 존재이기 때문이다.

"베켈레의 근황에 대해서 알아볼 필요가 있겠다."

심윤복 감독은 태수의 어깨를 두드렸다.

그러더니 그는 윤미소를 손짓으로 불렀다.

"미소야."

"왜요, 감독님?"

"너 인터넷에서 2012년 런던올림픽 5,000m와 10,000m 남녀 결승경기를 찾아서 태수하고 나라에게 보여줘라."

"수당 주나요?"

윤미소가 농담하자 심윤복 감독은 한 손으로 그녀의 뒷덜미를 잡고 주먹을 불끈 쥐었다.

"지금 원하는 거냐?"

"악! 아, 아니에요……."

심윤복 감독은 너무 흥분해서 심장이 두근거리고 괜히 웃음이 나왔다.

그는 현재 5,000m 추세로 봤을 때 태수가 베이징에서도 이렇게만 달려주면 입상은 물론이고 금메달도 딸 수 있을 거라고 확신했다.

2012년 올림픽 5,000m 우승자의 기록은 13분 41.67초였으며, 2013년 모스크바세계육상선수권대회 5,000m 우승 기록은 13분 26.99초였었다.

그러므로 태수의 13분 3초라면, 그리고 새로운 변수가 없는 한 베이징세계육상선수권에서 5,000m 경기는 태수가 돌풍을 일으킬 것이 분명하다.

심윤복 감독은 은근히 욕심이 생겼다.

'태수 저놈 10,000m도 출전시켜 볼까?'

타라스포츠에서는 신나라에게 태수와 같은 층인 80층에 방 두 개짜리 25평 규모의 오피스텔을 내주었다.

그렇지만 신나라는 훈련 때를 제외하고는 태수의 오피스텔에서 시간을 보낸다.

그곳에 신나라가 가장 좋아하는 태수가 있으며, 그녀를 동생처럼 돌봐주는 윤미소가 있기 때문이다.

지금 태수와 신나라, 윤미소는 벽걸이 대형 TV 앞에서 육상트랙경기를 보고 있다.

윤미소가 유튜브에서 찾아낸 런던올림픽과 2013년 모스크바세계육상선수권대회, 그리고 그밖에 몇 개의 남녀 10,000m와 5,000m, 마라톤 풀코스, 하프코스 경기 장면을 TV로 연결해서 보고 있는 중이다.

지금 보고 있는 경기는 런던올림픽 여자 10,000m 결승이다.

TV 앞 방바닥에 태수가 가운데 앉고 신나라가 태수의 왼쪽에, 윤미소가 오른쪽에 나란히 앉아서 마치 TV 속으로 빨려 들어갈 것처럼 경기장면에 몰입해 있다.

TV 화면에는 십여 명의 여자 선두그룹이 트랙 가장 안쪽을 일렬 혹은 2열로 긴 줄을 이루어서 달리고 있다.

윤미소가 TV를 가리키며 설명했다.

"15바퀴째인데 18분 32.08초. 한 바퀴에 73.30초, ㎞당 3분 02초 페이스야."

태수를 그림자처럼 쫓아다니다 보니까 절반쯤 코치가 다 된 윤미소의 분석이다.

그녀가 설명하지 않아도 TV 화면 하단에 현재 상황에 대한 기록이 자세히 나와 있다. 그런데도 윤미소는 설명을 멈추지 않았다.

"현재 10,000m 중에 6,000m야. 앞으로 10바퀴 남았어."

영국 캐스터는 자꾸만 '디바바'를 외치고 있다. 그러면서 '원 더풀'이니 '판타스틱'이라는 말을 자주 사용했다.

영어를 잘 모르는 태수와 신나라지만 그 정도는 알아들을 수 있다.

10,000m 중에 6,000m를 달리고 있는 현재 중장거리의 살아 있는 전설 티루네시 디바바(Tirunesh Dibaba)는 4위에서 달리고 있다.

1위는 같은 에티오피아의 키다니, 2위와 3위는 케냐 여자 선수들이다.

그 뒤로는 각국의 쟁쟁한 여자 선수들이 바짝 뒤따르면서 호시탐탐 치고 나갈 기회를 엿보고 있다.

중위권에 일본 여자 선수도 두 명이나 있다. 올림픽 10,000m 결승에 진출할 정도라니 과연 아시아 육상 최강국답다.

영어에 능통한 윤미소가 캐스터의 말을 통역했다.

"디바바는 항상 2위나 3위로 달리다가 골인 2바퀴나 한 바퀴를 남겨두고 스퍼트를 한대. 그리고 에티오피아와 케냐가 대부분 1, 2, 3위를 다 가져간다고 하네."

8,000m를 달려서 2,000m 5바퀴를 남겨둔 상황.

선두 키다니가 속도를 높여서 치고 나가고 그 뒤를 2명의 케냐 선수와 4위로 디바바가 바짝 따라붙었다.

2위 그룹하고는 거리가 쭉쭉 벌어졌으며 흥분한 캐스터가 목소리를 높였다.

"봐봐! 아까보다 빨라졌어!"

윤미소도 덩달아서 흥분하여 화면을 가리켰다.

"아까는 한 바퀴에 73.30초였는데 지금은 71.91초야. ㎞당 2분 57.29초. 2.3초 빨라졌어."

TV 화면에는 그렇게 선두 4명 체제로 달리고 있다. 순위는 여전히 변동이 없으며 2위 그룹하고는 점점 멀어지더니 후미 그룹을 추월하기 시작했다.

디바바를 클로즈업해서 보여주는데 조금도 힘들어하지 않고 여유 있게 달리고 있다.

"케스터 말이 디바바의 별명이 '아기 얼굴을 가진 파괴자'래."

디바바에 대해서 잘 알고 있는 신나라가 덧붙였다.

"디바바는 85년생이고 키 162㎝에 48㎏이에요. 저보다 키는 1㎝ 작고 몸무게는 디바바가 3㎏ 더 나가요."

TV 화면에서는 연신 디바바의 모습을 클로즈업했다.

"디바바는 정말 예쁘네요. 미인이에요."

신나라는 감탄을 금치 못했다.

그러다가 갑자기 신나라가 탄성을 터뜨렸다.

"아아……."

TV 화면에서는 순위에 변화가 일어나고 있는 중이다.

케냐 선수들이 치고 나가는가 싶더니 잠깐 사이에 1위 키다니를 추월해서 앞으로 쭉쭉 나갔다.

그런데 디바바가 케냐 선수들 뒤를 바짝 쫓으면서 키다니를 추월하자, 키다니가 힘을 내서 디바바 뒤를 따르며 케냐 선수 한 명을 따라잡았다.

그렇게 해서 선두는 케냐 선수, 2위 디바바, 3위 키다니, 4위또 다른 케냐 선수 체제로 달린다.

TV 화면 하단에는 9,000m 27분 35.07초. 디바바가 1위 케냐의 킵에고에게 0.22초 뒤지고 있다는 자막이 깔렸다.

키다니와 케냐의 체루이요트가 3~4위에서 엎치락뒤치락하고 있다.

"디바바 달리는 모습 봐."

윤미소가 탄성을 터뜨렸다.

그녀의 말이 아니더라도 디바바의 달리는 모습은 환상 그 자체였다.

162㎝면 큰 키도 아닌데 보폭이 장난 아니다. 키다니와 2명의 케냐 선수하고 키가 비슷한 데도 디바바의 보폭이 훨씬 더 길었다. 그렇다고 디바바의 하체가 더 긴 것도 아니다.

신나라는 TV 속으로 들어갈 듯이 디바바의 달리는 폼을 뚫어지게 주시했다.

그때 TV 화면의 디바바가 전광판을 힐끗 쳐다보는 모습이 나왔고, 캐스터가 흥분해서 외쳤다.

ㅡ디바바 고! 디바바 고!

디바바가 드디어 치고 나가기 시작했다. 그리고 그때부터는 아무도 상대가 되지 않고 쭉쭉 거리를 벌이면서 무서울 정도의 속도로 달렸다.

에티오피아의 키다니는 뒤로 쭉 처졌고, 디바바의 뒤를 2명의 케냐 선수가 전력으로 따르지만 역부족이다.

마지막 바퀴를 알리는 종소리가 땡땡땡땡! 울리고 Final

Lap 표시가 떴다.

캐스터가 거의 고함을 치고 있다.

―디바바! 더블 월드챔피언! 올림픽 챔피언! 디바바!

"미치겠다… 저게 인간이야?"

방금 전까지만 해도 같은 선두그룹이었던 케냐 선수들을 100m 이상 뒤로 떨어뜨리며 질주하는 디바바를 보면서 윤미소가 망연자실해서 중얼거렸다.

"아아… 너무 아름다워요……."

신나라의 감동 어린 중얼거림이 아니더라도 태수 역시 디바바의 달리는 모습이 정말 아름답다고 느끼고 있었다.

태수는 지금껏 아름다움에 대해서는 별 관심이 없었는데 지금 TV 화면의 티루네시 디바바의 질주하는 모습을 보고는 반하고 말았다.

마침내 디바바가 골인했다.

TV 화면 하단에 디바바가 마지막 바퀴를 62.08초, ㎞당 2분 45.69초에 달렸다고 나왔다.

뒤따라 들어온 케냐 선수들은 지쳐서 헐떡이는데 디바바는 관중들에게 손키스를 보내더니 관중석에서 에티오피아 국기를 받아 몸에 두르고 트랙을 돌며 기쁨을 만끽하고 있다.

"나라야, 너 우니?"

윤미소가 깜짝 놀라서 작게 외쳤다.

태수가 쳐다보니까 신나라는 감격한 표정으로 TV를 보면서 울고 있었다.

그다음에 윤미소가 보여준 것은 영국에서 벌어진 2012년 부파 그레이트 노스 런(Bupa Great North Run)이다.

하프마라톤대회인데 여자부에는 티루네시 디바바와 2010년 뉴욕마라톤 챔피언과 2011년 월드마라톤 챔피언인 케냐의 에 드나 킵플라갓(Edna Kiplagat)이 나왔다.

이 대회에서도 디바바는 막판 스퍼트를 하여 월드챔피언 킵플라갓을 여유 있게 따돌리며 우승했다.

신나라는 디바바가 나오는 경기는 이미 수십 번이나 봤다 고 하면서도 뒤로 돌려서 다시 또 봤다.

"저 여자 봐. 하프마라톤에서도 5,000m나 10,000m 달릴 때처럼 발뒤꿈치가 엉덩이에 닿고 있어!"

윤미소는 어이없는 듯 TV를 가리키며 소리쳤다.

마라톤주법은 10,000m와 사뭇 다른데도 TV 화면의 디바 바는 하프마라톤에서도 트랙경기처럼 달리고 있었다.

신나라가 꿈을 꾸는 듯한 얼굴로 중얼거렸다.

"디바바는 달리기의 여신이에요."

"그 여신을 며칠 후면 베이징에서 만나게 될 거야."

"그… 렇죠."

윤미소의 말에 황홀했던 신나라의 얼굴에 그늘이 드리웠다.

윤미소가 일어나더니 스톱워치를 갖고 왔다.

쿡!

잠시 후에 윤미소가 스톱워치를 보면서 말했다.

"디바바의 분당 주행회수는 192회야."

그녀는 자료를 보지 않고서도 태수와 신나라에 대해서 설명했다.

"㎞당 3분 이븐 페이스로 달릴 때 태수는 주행회수가 분당 176회고 나라는 184회야."

"그래요?"

신나라는 자신의 분당 주행회수에 대해서는 모르고 있었기에 깜짝 놀랐다.

"그러면 태수는 분당 334m를 가고, 나라는 290m를 가는 거지."

태수와 신나라는 윤미소가 말해준 사실에 놀라느라 그녀가 그런 것까지 분석했다는 사실에 대해서는 놀랄 겨를조차 없었다.

"3분으로 치면 태수는 정확하게 1㎞를 가는 데 비해서 나라는 872m밖에 못 가는 거야. 여자라는 점과 체형을 감안했을 때 나라는 최소한 분당 940m는 가줘야 해. 그래야지만 디바바의 기록에 근접할 수 있어."

신나라는 의기소침할 줄 알았는데 의외로 방긋 웃었다.

"헤헤… 그게 제 한계예요."

"이번에는 태수가 잘 봐야 해."

TV 화면에 경기장 트랙 출발선에 선 각국 선수들 모습이 보였다.

"런던올림픽 남자 10,000m 결승이야. 5,000m에는 베켈레가 출전하지 않았어."

출발선에 선 선수 중에서 유명한 몇몇 사람이 소개되는데 그중에 케네니사 베켈레도 있었다.

"저 사람이 베켈레야."

경기장의 아나운스와 TV 화면의 자막이 있는데도 윤미소가 흥분을 감추면서 케네니사 베켈로를 가리켰다.

10,000m 결승경기가 시작됐다.

처음부터 케냐 선수 2명이 무리를 이끌고 베켈레는 선두그룹 후미에서 여유 있게 따르고 있다.

태수는 지금까지 마라톤에만 치중하느라 중거리 종목은 신경도 쓰지 않았고 그래서 베켈레의 트랙경기는 한 번도 본 적이 없었다.

그는 육상의 전설 베켈레의 달리는 모습에서 시선을 떼지 못하고 그가 언제 치고 나가는지 눈여겨보았다.

그렇지만 결과는 허무하게 끝나고 말았다. 태수의 기대를 저버리고 베켈레는 끝내 치고 나가지 못했으며 결국 4위로 경기를 끝내고 말았다.

"우승자는 새로운 강자야. 영국의 모하메드 파라. 줄여서 모 파라라고 불러."

런던 올림픽 10,000m 우승자로서 감격의 포즈를 취하고 있는 흑인 선수는 소말리아 난민 출신 영국의 모 파라였다.

"베켈레는 저때 우리 나이로 치면 31살이었어. 나이는 못 속이는 거지. 그러니까 지금은 34살이지. 3년이나 지났으니까 실력이 저때보다 못할 거야."

윤미소가 마지막 정리를 해주었다.

"그러니까 감독님이 베켈레 걱정은 하지 말라고 말했던 거야. 태수 니 라이벌은 영국의 모 파라야."

밤 9시. 태수가 조깅 차림에 위에는 바람막이 윈드브레이커를 입는 걸 보고 신나라가 의아한 표정을 지으며 물었다.

"선배님, 훈련하시려고요?"

"아까 디바바 경기를 보고 시험해 보고 싶은 게 생겼어요."

"저도 갈래요."

"많이 기다리셨죠?"

자기 오피스텔에서 옷을 갈아입고 나오는 신나라가 복도에서 기다리고 있는 태수에게 미안한 표정을 지었다.

"아닙니다."

엘리베이터를 타고 내려가면서 신나라가 태수의 눈치를 살피면서 조심스럽게 말했다.

"선배님."

"네?"

"저… 부탁이 있어요."

태수는 신나라가 전전긍긍하는 모습이라서 편하게 해주려고 빙그레 미소를 지었다.

"말해봐요."

"저… 선배님께서 제게 존대를 하니까 너무 어려워요. 어떻게 해야 할지 모르겠어요."

하긴 신나라는 태수 여동생 인화보다 한 살 많다. 체구나 어리게 생긴 용모로 보면 인화 동생이라고 해도 믿겠다.

태수는 신나라가 정말 어려워서 쩔쩔매는 것 같았고 자기도 그녀에게 존대를 하는 게 어색해서 선선히 고개를 끄떡였다.

"그럼 말을 놓을게."

신나라의 얼굴이 환해지더니 태수의 팔을 잡고 팔짝거리며 뛰었다.

"야아! 그래주세요!"

수영강 강변 자전거길에 나서니까 신나라가 아이처럼 쫄랑거리면서 물었다.

"어떤 훈련이에요?"

"훈련이라기보다는 시험해 볼 게 있어."

"뭔데요?"

두 사람은 강변을 따라서 5분 페이스로 천천히 달리면서 조깅을 시작했다.

"원래 스트라이드(보폭)를 넓히면 피치(두 발의 왕복)가 떨어지고, 피치를 빨리하면 스트라이드가 좁아지잖아."

그건 육상의 영원한 숙제다.

"그렇죠."

"나한테 적합한 보폭을 찾고 싶은 거야. 여태까지는 대중없이 뛰었거든."

신나라가 쳐다보았다.

"대중… 없는 게 뭔가요?"

"되는대로 뛰었다고."

"아… 저도 그랬어요."

태수는 조깅으로 뛰면서 자기가 생각한 것을 설명했다.

"스피드를 올리면 보폭이 커지고 스피드를 낮추면 보폭이 작아지잖아."

"그렇죠."

"내 이븐 페이스가 ㎞당 3분이면 그때의 주행회수가 분당 176회야."

"네."

"미소가 분석한 건데 내가 스피드를 높여서 ㎞당 2분 45초 페이스로 달려도 주행회수는 180회를 넘지 못한다는 거야. 그 냥 보폭만 커지는 거지."

"선배님께선 주행회수를 늘리고 싶은 건가요?"

"그래."

"보폭이 커지든 주행회수가 많아지든 스피드만 높아지면 되잖아요."

"보폭이 넓어지면 에너지 소비가 많아. 그래서 스피드를 높인 상태에서 오래 달리지 못해."

"아……."

신나라는 태수의 문제가 무엇이고 무얼 원하는지 알게 되었다.

보폭이 넓어지면 에너지 소비가 많아지고 보폭을 좁히면 에너지는 소비되지 않는 반면에 속도가 나지 않는다.

"그러니까 적당한 보폭을 찾아서 주행회수를 늘려 스피드

는 같으면서도 에너지를 낭비하지 않고 좀 더 오래 달리기를
원하는 거야."

"무슨 말씀이신지 알겠어요."

"나는 혼자서 적당한 보폭을 찾아볼 생각이었는데 나라 네
가 있으니까 너에게 옆에서 봐달라고 부탁해야겠다."

신나라는 태수를 쳐다보면서 환하게 미소 지었다.

"뭐든지 맡겨만 주세요."

밤이지만 강변 자전거길은 매우 환했다.

다음 날 오전에 심윤복 감독은 신나라를 데리고 도로주행
에 나섰다가 돌아왔다.

벌써 8월 14일이라서 베이징대회까진 5일 남은 상황이라 태
수와 다른 선수들에겐 테이퍼링하라고 휴가를 겸해서 쉬게
했었다.

태수는 타라스포츠 트레이닝센터 트레드밀 위에서 비지땀
을 흘리면서 뛰고 있다.

어젯밤 조깅에 동행했던 신나라가 아이디어를 내서 태수를
구제해 주었다.

즉, 꼭 하나의 보폭만 고집하지 말고 때에 따라서 적절한 보
폭과 주행회수를 몇 가지 정해두면 어떠냐는 것이다.

그래서 태수는 우선 3개의 주행법을 정했다.

첫째, km당 3분 이븐 페이스 때의 보폭은 태수의 키 178㎝에 조금 못 미치는 170㎝로 하되 현재 분당 176회인 주행회수를 185~190회까지 늘린다.

둘째, km당 2분 50초 페이스로 속도를 높였을 때는 보폭을 태수의 키 정도인 178㎝로 하고 주행회수는 182~185회로 맞춘다.

셋째, 최고 스피드를 낼 경우이며, km당 2분 40초 이상의 속도일 때 보폭을 최대 185로, 주행회수를 180~182회로 조정한다.

태수는 그 세 가지 주행법을 몸에 익히느라 새벽부터 트레드밀에서 연습을 하고 있는 중이다.

태수는 트레드밀에 부착돼 있는 시계를 보면서 주행회수를 쟀다. 왼발 때마다 세고 나서 ×2하면 주행회수가 나온다.

태수는 3시간째 이븐 페이스와 중간 스피드, 최고 스피드를 각 30분씩 훈련하여 이제는 어느 정도 몸에 익었다.

그렇지만 몸에 완전히 익게 하려면 몇 달은 더 훈련해야 할 것이다.

이른 아침 훈련에 나갔던 심윤복 감독은 심각한 표정이고 신나라는 풀이 죽어서 감독의 눈치만 살피고 있다.

태수는 트레드밀에서 내려와 두 사람이 있는 소파로 걸어가면서 수건으로 땀을 닦으며 물었다.

"어떻게 됐어요?"

"33분 7초야."

심윤복 감독은 말하기도 싫다는 듯 손을 내저었다.

그 기록이라면 신나라가 어제 트랙에서 나온 33분 13초보다 6초 앞당겼다. 그러니까 그 정도면 앞당겼다고 말하기도 민망하다.

오늘이 벌써 8월 14일. 베이징세계육상선수권대회가 열리는 8월 22일까지 불과 8일 남았고, 20일 출국하기까지는 6일밖에 남지 않았으니까 더 이상 훈련을 할 수가 없다. 이제부터는 테이퍼링을 해야 하기 때문이다.

신나라가 도로에서 뛰면 나아질 것이라고 기대했던 심윤복 감독은 심란한 얼굴로 일어나 태수와 신나라에게 말했다.

"어딜 가더라도 18일 오후까진 여기에 돌아와라."

18일 저녁에 서울로 이동했다가 국가대표팀과 합류해서 이틀 동안 동료들하고 인사라도 하고 최소한의 팀워크를 맞춘 후 20일에 베이징으로 출국하기 위해서다.

아침 식사를 마친 후에 태수가 신나라에게 물었다.

"나라, 너 어디 갈 데 있니?"

태수의 물음에 신나라는 고개를 도리도리 저었다.

"한국에는 아는 사람이 아무도 없어요."

"그럼 나하고 어디 좀 가자."

"네!"

신나라가 어디 가는지 묻지도 않고 명랑하게 큰 소리로 대답을 해서 식당에서 밥을 먹고 있던 사람들이 놀란 얼굴로 이쪽을 쳐다보았다.

태수는 애마 BMWM50D를 타고 아침에 부산을 출발해서 2시간 만에 안동에 도착했다.

윤미소에게 서울 가족한테라도 다녀오라고 했지만 자기가 태수와 신나라의 매니저라서 곁에 붙어 있어야 한다면 부득부득 안동에 따라왔다.

태수는 차를 곧장 안동시립운동장으로 몰았다.

"여긴 왜 온 거야?"

윤미소가 차 안에서 밖을 기웃거리며 물었다.

"나라하고 달려보려고."

"나라랑? 왜?"

"확인할 게 있어."

"뭔데?"

"보면 알아."

태수 일행은 차를 주차장에 세우고 옷을 갈아입으려고 운동장 안으로 들어가서 사무실 쪽을 기웃거렸다.

운동장 트랙에는 10여 명의 선수가 연습을 하거나 휴식을 취하고 있었다.

타라스포츠 최고급 트레이닝복과 선글라스 등을 착용한 태수와 신나라, 그리고 정장 차림에 선글라스를 쓴 멋들어진 윤미소를 발견한 선수들이 이쪽을 쳐다보면서 수군거렸다.

태수는 선수들 쪽을 쳐다보다가 막 달리기를 멈추고 숨이 차서 헐떡거리고 있는 박형준을 발견했다.

넉 달 만에 박형준을 보니까 반가운 마음이 솟구쳤다. 지금의 윈드 마스터 한태수에게 마라톤이라는 기회를 제공해 준 사람은 누가 뭐래도 박형준이기 때문에 그를 보는 감회가 남달랐다.

태수가 가까이 다가가는 데도 박형준은 그를 한눈에 알아보지 못했다.

태수가 몇 걸음 앞으로 다가가자 그제야 박형준은 낯이 익은 듯 고개를 갸웃거렸다.

"형님!"

태수가 걸음을 멈추면서 반갑게 부르자 박형준은 깜짝 놀라더니 성큼 다가왔다.

"그렇지? 태수 자네 맞지?"

와락!

두 사람은 말없이 서로를 힘껏 끌어안았다.

포옹을 하고 난 박형준이 감개무량한 표정으로 태수를 어루만지다가 생각난 듯 동료들에게 소리쳤다.

"이봐! 이 사람이 누군지 아나?"

동료들이 모여들자 박형준은 태수의 어깨에 손을 얹고 호방하게 웃었다.

"하하하! 안동이 낳은 기적의 사나이 윈드 마스터 한태수야!"

"야아~!"

"와아~!

짝짝짝짝—!

안동시청 소속 육상선수들은 태수 주위에 모여들어 함성을 지르고 박수를 지르며 환호했다.

탁탁탁탁—

"헉헉헉헉……."

"학학학학……."

박형준을 비롯한 안동시청 소속 육상팀과 윤미소가 지켜보는 가운데 태수와 신나라는 나란히 트랙에서 10,000m 달려 골인했다.

"헉헉헉… 얼맙니까, 형님?"

태수가 숨을 헐떡이면서 시간을 재고 있는 박형준에게 다가가며 물었다.

박형준은 스톱워치를 보면서 눈을 휘둥그렇게 떴다.

"30분 15초야!"

안동시청 소속 선수들이 와아! 하고 함성을 터뜨렸다.

여자 10,000m 국내기록은 삼성전자 이은정이 갖고 있는 32분 43초이기 때문이다.

태수는 허리를 굽히고 가쁜 숨을 몰아쉬고 있는 신나라에게 다가가 어깨를 두드렸다.

"거봐, 되잖아."

신나라는 숨차면서도 기쁜 표정을 지었다.

"학학학학… 선배님하고 함께 달리니까 되는군요?"

태수는 신나라 옆에 앉으며 말했다.

"내일 죽령에서 내리막훈련을 하자. 그럼 나라 보폭이 커질 거야."

안동 옥동, 예전에 태수가 밤마다 알바를 했었던 호프집 U-TURN에 태수와 신나라, 윤미소, 그리고 박형준을 비롯한 안동시청 소속 육상팀이 가게를 전세 낸 것처럼 가득 앉아서 맛있는 안주와 호프를 마시며 와자지껄 떠들고 있었다.

마음씨 좋은 사장은 국내 최고의 스타 한태수가 자기 집에 왔다고 오늘 돈 안 받고 한턱 쏘겠다면서 연신 안주와 호프를 내왔다.

다들 태수의 하프마라톤 세계기록과 북해도마라톤대회에서 아시아 신기록을 세운 일로 이야기꽃을 피우다가 박형준이 불쑥 물었다.

"참! 태수 자네 제수씨하고는 잘되고 있나?"

박형준은 혜원을 본 적 있기 때문에 묻는 것이다.

그러자 박형준 팀 동료가 의아한 얼굴로 물었다.

"태수 씨 애인은 아프로디테의 이민영 씨 아닙니까?"

"아, 아니, 그건……."

태수가 조금 당황해서 손을 젓는데 그때 입구 쪽에서 짤랑짤랑한 목소리가 들렸다.

"저 말인가요?"

태수를 비롯한 모두가 입구를 쳐다보는데 배꼽이 살짝 보이는 짧은 반팔 티에 하체에 딱 붙는 진을 입고 깔끔한 액세서리와 손에는 휴대폰을 쥔 민영이 하이힐을 또각또각 울리면서 안으로 걸어 들어왔다.

"민영아."

태수가 놀라서 일어나자 민영이 다가와서 살포시 그를 포옹했다.

"오빠 안동 갔다고 해서 부리나케 달려왔어."

가게 안의 모든 사람은 민영의 눈부시게 아름다운 모습에 넋 나간 표정으로 바라보느라 바빴다.

『바람의 마스터』 3권에 계속…

초대형 24시 만화방

신간 100%, 샤워실, 흡연실, 수면실(침대석), 커플석, 세탁기 완비

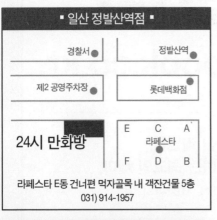

일산 정발산역점

라페스타 E동 건너편 먹자골목 내 객잔건물 5층
031) 914-1957

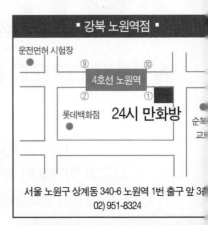

강북 노원역점

서울 노원구 상계동 340-6 노원역 1번 출구 앞 3층
02) 951-8324

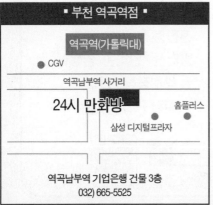

부천 역곡역점

역곡남부역 기업은행 건물 3층
032) 665-5525

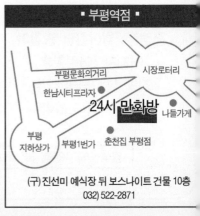

부평역점

(구) 진선미 예식장 뒤 보스나이트 건물 10층
032) 522-2871

내일을 향해 쏴라

김형석 장편 소설

FUSION FANTASTIC STORY

1만 시간의 법칙!
'성공은 1만 시간의 노력이 만든다' 는 뜻이다.

그러나…
사회복지학과 복학생 수.
전공 실습으로 나간 호스피스 병동에서
미지와 조우하다.

1만 시간의 법칙?
아니, 1분의 법칙!

전무후무한 능력이 수에게 강림하다!
맨주먹 하나로 시작한 수의
인생역전이 시작된다!

Book Publishing CHUNGEORAM

유통이 아닌 자유추구~
WWW.chungeoram.com

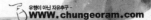

FUSION FANTASTIC STORY

묵련 장편 소설

현대 도술사

죽기 아니면 까무러치기다!

대륙 최고의 도술사 티리엘
죽음 앞에 모든 걸 내려놓는 순간
깨달음과 함께 거대한 파도에 휩쓸린다!

차원을 넘어 깨어났지만
현실은 혹독하기만 한데……

『현대 도술사』

도술사 티리엘의
현대 성공 스토리가 펼쳐진다!

Book Publishing CHUNGEORAM

유행이 아닌 자유추구-
WWW.chungeoram.com

며운 장편 소설

FUSION FANTASTIC STORY

진광
삼국지

2세기 말 중국 대륙.
역사상 가장 치열했던 쟁패(爭覇)의
시기가 열린다!

중국 고대문학을 공부하던 전도형,
술 마시고 일어나니 도겸의 둘째 아들이 되었다?

조조는 아비의 원수를 갚으러 쳐들어오고
유비는 서주를 빼앗으려 기회만 노리는데……

"역시 옛사람들은 순수하다니까.
 유비가 어설픈 연기로도 성공한 데는 다 이유가 있지, 암."

때로는 군자처럼, 때로는 효웅처럼!
도형이 보여주는 난세를 살아가는 법!

Book Publishing CHUNGEORAM

유행이 아닌 자유추구 -
WWW.chungeoram.com

이경영 판타지 장편소설

FANTASY FRONTIER SPIRIT

그라니트

용들의 땅

GRANITE

사고로 위장된 사건에 의해 동료를 모두 잃고 서로를 만나게 된 '치프'와 '데스디아'.
사건의 이면에 상식을 벗어난 음모가 있음을 알게 된 둘은
동료들의 죽음을 가슴에 새긴 채 각자의 고향으로 돌아간다.
2년 후, 뜻하지 않게 다시 만난 두 사람은 동료들의 복수를 위해
개척용역회사 '그라니트 용역'을 설립해 다시금 그 땅을 찾게 되는데……

용들이 지배하는 땅 그라니트!
그곳에서 펼쳐지는 고대로부터 이어지는 운명적 만남,
깊어지는 오해, 그리고 채워지는 상처.

『가즈 나이트』시리즈 이경영 작가의 미래형 판타지 신작!

Book Publishing CHUNGEORAM

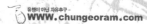

유행이 아닌 자유추구 -
WWW.chungeoram.com

니콜로 장편 소설

FUSION FANTASTIC STORY

마왕의 게임

『경영의 대가』, 『아레나, 이계사냥기』
니콜로 작가의 신작!

『마왕의 게임』

마계 군주들의 치열한 서열전
궁지에 몰린 악마군주 그레모리는 불패의 명장을 소환하지만······.

"거짓을 간파하는 재주를 지녔다고?"
"그렇다, 건방진 인간."
"그럼 이것도 거짓인지 간파해 보아라."

"-나는 이 같은 싸움에서 일만 번 넘게 이겨보았다."

e스포츠의 전설 이신, 악마들의 게임에 끼어들다!

Book Publishing CHUNGEORAM

유행이 아닌 자유추구 -
WWW.chungeoram.com